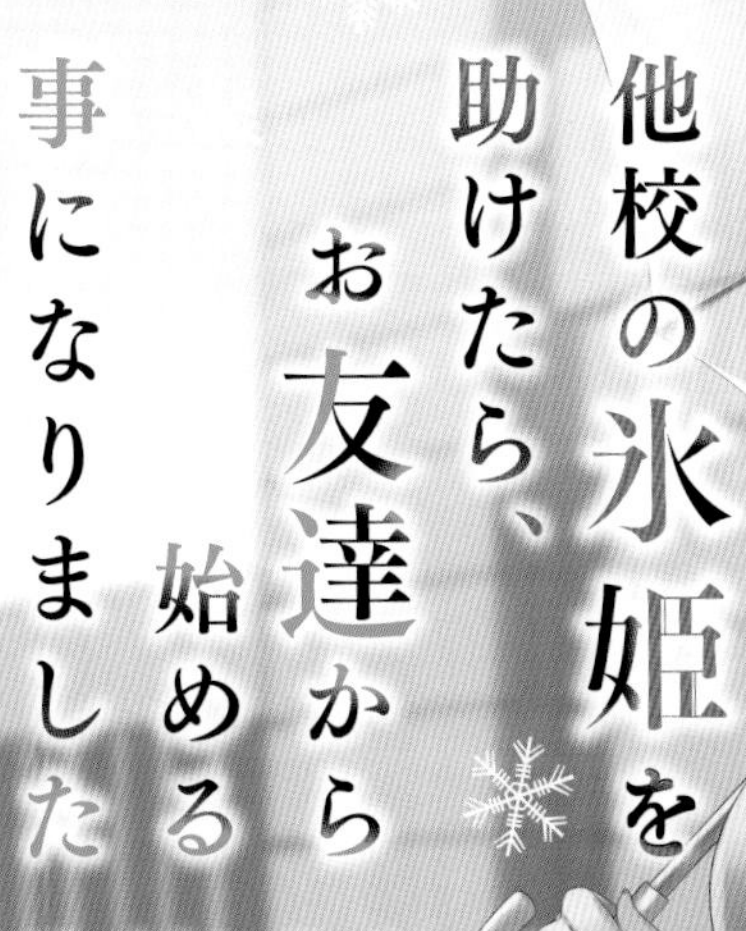

他校の氷姫を助けたら、お友達から始める事になりました

After helping "Ice Princess" from another school,
I decided to start as a friend.

皐月陽龍

illustration◊みすみ

「もしかして。男性が怖い、とかか？」
【みのりそうた】
海以蒼太
凪と同じ電車に乗って
通学していた普通の高校生。
彼女を痴漢から助けたことで
話しかけられ……。

「電車に乗っている間、
傍にいて……欲しいんです」
【しののめなぎ】
東雲凪
蒼太とは他校に通う少女。
その冷ややかな態度と美しさから
【氷姫】と呼ばれている。

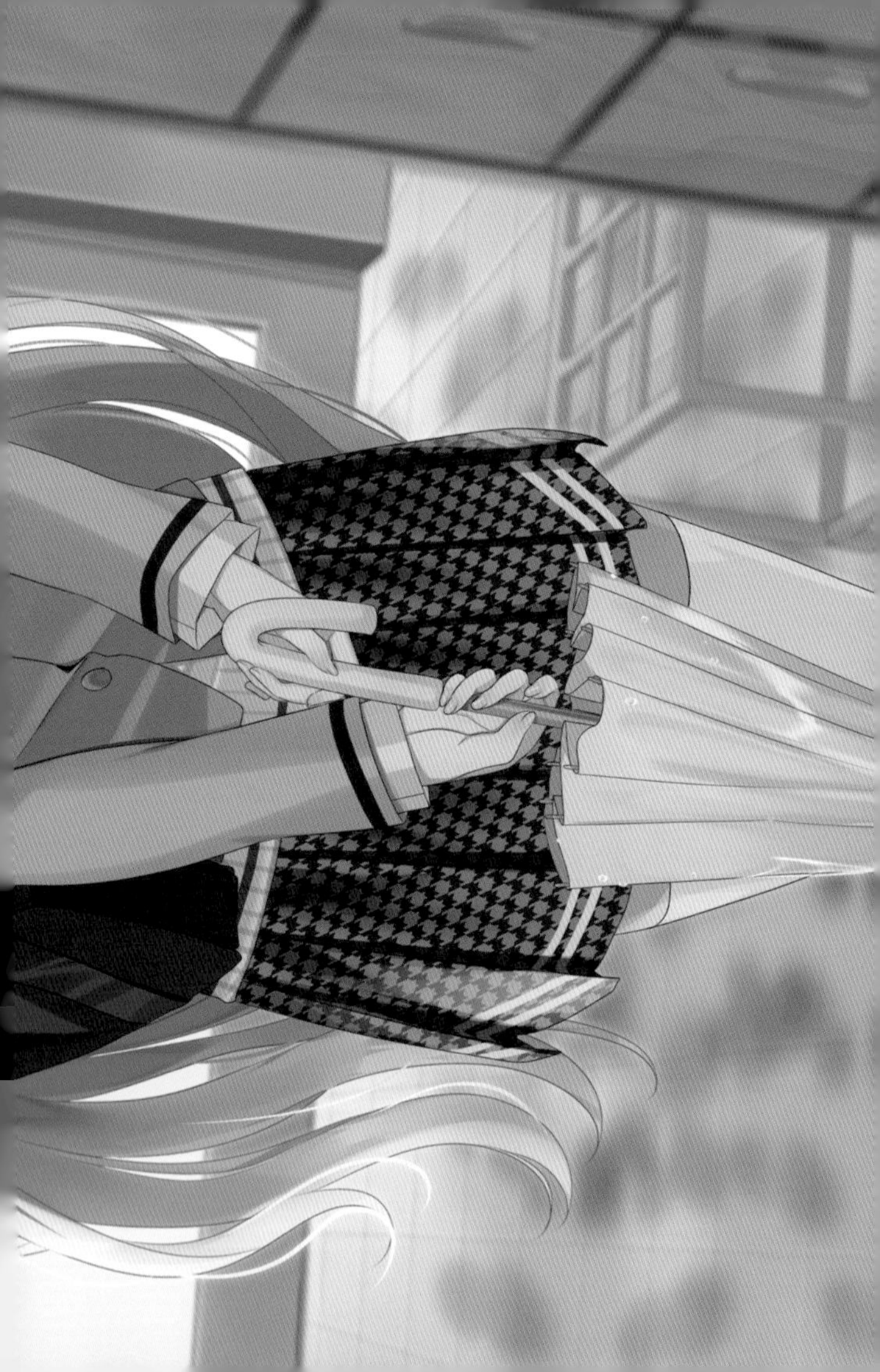

「はい、私です。海以君（みのりくん）」

「……そう、ですね。

……あの、蒼太君」

「なんだ？」

凪はその手を浮かせ、
自身の胸の近くに置いた。

「手、握って欲しいです」

海以君、お弁当はいかがだったでしょうか

ああ、美味しかった

瑛二に羨ましがられて大変だったよ

巻坂さんにも少しあげたりしたんですか?

いや、あげてないぞ

東雲が俺に作ってくれたものだしな

……そうですか

ふふ

……なんだよ

いいえ、なんでもありません

そういうところです

……?

第一章

がたんごとんと揺れる電車の中。茹だるような空気のせいで肌にじわじわと汗が滲む。空気が悪く、呼吸を繰り返すだけでも辟易としてしまう。毎日高校に行くのが嫌になってもおかしくない。それでも俺はこの時間が嫌いじゃなかった。

それは、いつもとある駅で乗ってくる美少女の存在があったからだ。

髪は白く、目は蒼くとても綺麗だ。目鼻立ちもかなり整っていて、冷ややかな雰囲気を身に纏っている。その目つきは常に鋭く、表情はほとんど変わらない。周り全てを敵視しているようにすら見える。

実際、話しかけに来た人に冷たく対応している場面を何度も見たことがある。しかし、その冷たい対応ですらも絵になるくらい美人なのだ。

別に彼女に話しかけたりはしない。お近付きになりたいとか、そんなことも思っていない。

彼女に話しかけようとした他の学生が即座に断られているのを見たから、というのももちろんある。男女問わず、彼女に近づいた者はその雰囲気に押されるか……ナンパ紛いのことをしてボロボロにフラれ、別の車両に移ることとなっていた。

お陰でこの車両には全然生徒が乗っていない。

彼女に話しかけない理由は他にもある。……なんというかな。彼女は生きる世界が違うというか。テレビに出ているアイドルや女優などみたいな雰囲気を持っているのだ。

少なくとも俺は、好きなタレントが目の前にいても話しかけにいけるクチの人間ではない。

そもそも女性は視線が分かると言うし、普段じろじろと顔を見てきた男が話しかけてくるなど恐怖でしかないだろう。

だから、俺はわざわざ話しかけに行ったりはしなかった。

そんな日々が何ヶ月も続いていたのだが、彼女を見ていていくつか気づいたことがあった。

例えば、ある日のこと。

珍しく朝の電車にお婆さんが乗っていた。この時間は人も多く、座るのは難しい。

優先席はどうだろうと見てみると、一人の生徒が陣取って座っていた。……うちの生徒だな。

注意をしに行こうとしたが、俺より先に彼女が動いていた。

「……」

彼の目の前に立ち、彼女は蒼い瞳を細めて鋭く睨み付けた。

「ッ」

その生徒がビクンと肩を跳ねさせた。気まずそうに目を逸らしている。

「……」

電車内は人が多く蒸し暑い。そのはずなのに——この車両全体の気温が数度下がったような錯覚に襲われた。

「ひっ」

小さな悲鳴が聞こえたかと思ったら、その生徒の顔がどんどん青ざめていく。

「す、すんませんした」

彼は小さく呟いた後、すごすごとその場を退散した。

「お婆さん、どうぞ」

初めて聞いた。彼女の声は。

とても澄んでいて、鈴を転がすような軽やかな声。なるほど、と思わず頷いてしまうくらい彼女に似合っている声であった。

「ありがとうねぇ」

お婆(ばあ)さんが彼女に向かってお礼を言い、彼女は会釈(えしゃく)を返した。

ああ、こんな一面もあるんだなって思った。新しい一面を知ることが出来て、勝手に嬉(うれ)しくなってしまった。

またある日のこと。その日は珍しく、彼女と帰りの電車が同じだった。

「だー、あー！」

赤ちゃんを抱いたお母さんが同じ車両に居て、その姿にほっこりとしていた。お母さんの方は申し訳なさそうにしているが、こちらとしては見ているだけで癒(い)やされる。そんな顔はしないで欲しい。

「あー！　ばー！」

その赤ちゃんが彼女を──あの子を見て、笑った。

「ふふ」

目を疑った。彼女が表情を崩す瞬間など初めて見たから。

彼女の笑顔はとても。とても、綺麗で。優しいものだった。

赤ちゃんが嬉しそうに手を振っていて、彼女は小さく手を振り返していた。その所作はとても上品であり、目を奪われた。

こんな側面もあるんだ、と思った。その頃から彼女と話してみたくなる気持ちが芽生えていた。だが、足蹴にされる未来も見えていたので特に話しかけることはなかった。

そんな日々を過ごしていた。卒業までこんな日が続くんだろうなと……そう思っていた。

九月が始まってすぐに事件が起きた。

いつも見ていたからか、俺はすぐ彼女の異変に気づいた。

彼女の表情が硬い。いや、普段から硬いのだが。とにかく、いつもと何かが違う。

何か嫌なことでもあったのだろうか。

そう思っていると。俺はもう一つ、とあることに気づいてしまった。

……彼女の近くに居た中年の男の手が彼女の臀部に当たっていたのだ。

——痴漢だ。

止めに行こうにも朝の電車だ。人が多すぎて容易には近づけない。

……見過ごす？　それで良いのか？

彼女には普段から（勝手にではあるが）元気を貰っている。ここで何もしないというのは不義理なんじゃないか。

ふと脳裏を以前の記憶が掠めた。

――お婆さんに席を譲り、赤ちゃんを見て微笑む彼女の笑顔。それが今は歪んでいる。

あの笑顔がもう見られなくなるのは――凄く嫌だと思った。

うるさくなる心臓を無視する。一度、大きく息を吸い込んで。

「痴漢が居ます！」

そう叫ぶ。自分でも驚いた。俺、こんなに大きな声が出せるんだ。

声を上げた瞬間、痴漢をしていた男はビクリと肩を跳ねさせ、そそくさと退散していった。

周りの人は迷惑そうにしながらも止めようとはしない。

そこの人だと叫ぼうか迷ったが、彼女の顔を見てやめた。

――彼女は俺の方を見て、小さくふるふると首を振っていたから。

「そういやさ。朝、近くの電車で痴漢っぽいのが出たってよ。なんか知ってるか？」

「……いや、知らないな」

友人である巻坂瑛二の言葉に、俺は目を逸らしながらそう返した。

「そうか？　知らなかったか。いやあ、お前の大好きな彼女が乗ってる車両って噂だったんだが。知らなかったか」

「大好きでも彼女でもないんだが……知らないな、痴漢が居ただなんて」

「知らないなら知らないで良いんだけどな。まさかお前がやる訳ないだろうし」

「する訳ないだろ……」

以前、『彼女』について瑛二に話した事があった。同じ車両に綺麗な女子生徒が居る、と。

ただ口が滑っただけなのだが、瑛二が『お前の好きなタイプか⁉　教えろ教えろ！』とめちゃくちゃ食いついてきて、仕方なく彼女の特徴を話したのだ。その特徴的な容姿に加え、瑛二は顔が広い。彼女のことを知っていたようだった。……それからは俺が彼女のことが好きなのだと勝手な決めつけをされていた。

「あの【氷姫】が居る車両でやるバカも居ねえか。ましてや【氷姫】がされる訳ねえし」

「……氷姫、ね」

【氷姫】。

それは彼女の二つ名のようなものらしい。

常に表情を変えない。話しかけると返事は返ってくるものの素っ気なく、仲良くなろうとすると途端に無視をされる。告白なんてしようものなら心を折られる。

そんな噂がこちらの高校にまで広がっている、とは瑛二から聞いた事だ。ちなみに彼女の名前は瑛二も知らないらしい。

しかし、【氷姫】という二つ名は彼女に合わない気がする。そんなに冷たい人じゃないと思うんだが……かといって、俺がどうこう出来る訳でもないんだけどな。

「仮に同じ車両で【氷姫】になんかあったとしても、お前なら助けるだろうしな？」

心臓が止まるかと思った。

頬を引き攣らせながら「そうだと良いな」とだけ返す。

「さすがに冗談だけどな。でも、もしあの子がそんな目に遭ってたら絶対助けろよ？　そういうところから青春ってやつは始まるんだからな。……ていうかお前、そもそも彼女作る気あんのか？」

「あのな……。作る作らないじゃなく作れないの間違いだな」

「はあああぁ。お前、高校生活で彼女作らないとか本気で青春する気あんのかよ」

「彼女の有無で青春は決まらない。……まあ、居た方が楽しいとは思うが。俺としては適当に遊んだり勉強したりで十分だよ。好きな人でも出来れば変わるんだろうけどな」

　しかし悲しいかな。残念ながら好きな人とか居ない。

「ん？　【氷姫】はどうなんだ？　おい」

「ニヤニヤするな。何回も言ってるだろ。住む世界が違う。俺はアイドルや女優が好きでもガチ恋は出来ないタイプなんだよ。どうしても不可能だって文字が頭の中に浮かぶしな。それに、あんなに容姿が整っていたら彼氏ぐらい居るだろ」

「まあ、それもそうか」

　瑛二はそう言いながら、何かを考えるように遠くを見つめた。

「……でも、確か居なかったと思うんだよな」

「……？　悪い、聞き逃した。なんて言った？」

「いんや、なんでもない。気にすんな。それより今日カラオケ行かね？」

「お、良いな。行きたい」

「おっしゃ」

　今日は色々とあったが、また日常へと戻るのだろう。

　――と、この時の俺はそう思っていた。

ガタンゴトン、ガタンゴトン。

次の日。電車に揺られながら、俺はスマートフォンを弄っていた。今日は運良く乗ったタイミングで席が空き、周りを見ても誰も座る様子がなかったので座ったのだ。もちろん常識はあるので、席が必要な人が居れば譲るつもりだ。

次の駅に着くと、隣のサラリーマンが降りるために立ち上がった。それと同時に、隣に女子高生らしい人影が座り──席が必要な人が居ないか見渡そうとした時だった。


「おはようございます」


隣からそう声を掛けられ、心臓が止まるかと思った。

頭をそちらに向けようとしたのだが、ギギ、と錆びた機械のような音が鳴りそうだった。

まず最初に目に付いたのは、蒼い瞳。海のように蒼く、どこまでも深く吸い込まれそうな瞳だ。

続いて目に入ったのは、新雪のように真っ白な髪と肌。もちろん髪の方が白いのだが、肌もミルクのように白く、無垢な子どもを連想させる。その白さは決して病的なものではなく、例えるのならば飴細工のような繊細さと透明感を放っていた。

そして、キリッとした顔立ちは凛々しいものがある。その表情は普段からほとんど変わらな

い。美しくも、可愛くも思える。

「……あの」

彼女の柔らかい鈴を転がすような声音に俺は意識を取り戻した。

まずい、見蕩れていた。

「……なん、ですか？」

どうにか声を絞り出してそう返した。余裕はない。すぐ隣に座っているから太ももが当たっている。それを意識の外に追いやり、視線を合わせた。

——近い。隣に座り、顔を向かい合わせるとかなり近い。やけにいい匂いがして、雪の乗ったような白く長いまつげが見えて……心臓が大きく脈を打った。

「その。昨日、助けて頂きましたから。お礼を言いたくて」

「あ、ああ。気にしなくていい……ですよ」

先生と話すことは時々あったので、敬語には慣れていると思っていたが。口が上手く回らない。女子と話した経験が少ないから、だろうか。

それでもどうにか、そう伝えた。

「いえ。私、本当に……怖かったんです。周りの人も助けてくれるどころか、いやらしい視線を向けてきて」

「そう、だったんですか」

「はい。ですから、本当にありがとうございます」

そう言って。彼女は会釈をするように小さく頭を下げた。ふわりと、女の子の甘い香りが鼻腔をくすぐってくる。

同年代の女子にお礼を言われるなど初めてのことで、なんと言えば良いのか分からず……

「ど、どういたしまして？」

と、俺は返したのだった。

それを聞いて、彼女はくすりと笑う。

普段の凛々しい顔とは少し違う。可愛らしさが強調された笑い方。あの時、赤ちゃんに見せていたような笑い方だ。

……ああ。俺、あの笑顔を守れたんだな。と思っていたが、彼女の言葉に意識が引き戻される。

「すみません。あまり『どういたしまして』って言葉は聞かなくて。でも私、ちゃんとお礼を受け取ってくれる人は嫌いじゃないです」

「そ、それなら良かった……です？」

「はい。それと、普通に話してもらって大丈夫ですよ。この口調は癖みたいなものですし、私は高校一年生ですから。恐らく貴方より年上ではないと思いますよ」

「な、なるほど、ありがとうございます」

「……それが普通の話し方なんですか？」

「あ、いや……ありがとう、俺も一年生だから同い年だ」

ふと俺は思った。何故俺はいつも遠くから見ることしか出来なかったはずの彼女と話しているのだろうか。いや、昨日のお礼だと分かってはいるのだが。

……なんとなく冷や汗をかいてしまった。

このままだと、いつもの自分じゃなくなってしまいそうな気がしたから。

彼女を見て元気を貰い、学校に向かう。時々は帰りも同じ車両に乗って、その日はラッキーだなって思いながら家に帰る。そんな距離感が崩れてしまったら……どうなる？　何かのきっかけで、彼女に話しかけた彼らのように嫌われてしまったら？

話すことが出来て嬉しいはずなのに、同じくらい不安も大きい。どことなく感じる非現実感は夢でも見ているようだ。いっそ逃げ出してしまおうかとすら思うも——それは出来なかった。

「その……貴方にお願いしたい事があるんです」

蒼い瞳に見つめられると、金縛りにでもあったかのように動けなくなってしまう。まだ隣に居たいという気持ちが強くなり、それが不安と拮抗する。……だけど、彼女の顔を見て、邪な思いも不安も霧散してしまった。

「なんだ？」

彼女の顔は悲痛に歪んでいた。出来るだけ優しい表情を浮かべながら受け答えをするよう意識する。

彼女は俺を見て、頬の緊張を少し緩ませた。それからまっすぐに俺を見つめてきた。

「それで、その。お願いと言うのが……」

彼女は言葉を詰まらせながら俺の目をじっと見て。

「電車に乗っている間、傍に居て……欲しいんです」

そう言った。

俺の頭は真っ白になっていた。

なぜ？

どうして？

頭の中にある疑問を押し潰し、思考を巡らせる。

すると、一つの答えが浮かび上がってきた。

「もしかして。男性が怖い、とかか？」

そう言うと。彼女は神妙な面持ちのまま頷いた。

不思議なことではない。性被害を受けた人が、加害者と同じ性別を持つ人に恐怖を抱くこと
は。

「昨日、知らない人に触られて、電車が怖くなって。それで……が、学校でも。男の人の視線
とか、怖くなって。朝、家から出るのも怖くなって」

その言葉には恐怖が滲み出ている。こちらの心までぎゅっと絞られたように痛くなった。

しかし、同時にその言葉からは危うさを感じた。

「……正直に言う。その選択肢は危険すぎる。もしかしたらマッチポンプかもしれない。下心があって助けたのかもしれない。俺は赤の他人で、その怖がるべき男なんだぞ」

どうして自分でもそんなに必死になるのか分からなかった。

日常が壊れるのが怖いから、なんだろうか。彼女に嫌われたくないから、なんだろうか。

「もう一度、よく考えて欲しい。女友達を誘うとか。信頼出来る男の人を――」

「居ないんです」

しかし、彼女は俺の言葉を遮った。

「貴方しか居ないんです」

その声はハッキリと俺の耳に届く。

「お恥ずかしながら、私に信頼出来る友人は居りません。……貴方のことを信じる。これは、私の一世一代の賭けでもあるんです」

その手がとん、と俺の胸に置かれた。

「時間がいつか解決してくれる。それは私も考えました。ですが、その『いつか』のせいで、私は近い将来何か大きなチャンスを逃すかもしれません。人間関係か、勉学か。もしかしたら受験とか……ひょっとしたら、それ以外の大きなチャンスなのかもしれませんね」

小さく息を吞んだ。

「……それも全て、ここで貴方に断られてしまったら、の話です」

その言い方だとまるで――

「脅し、みたいだな」

「そう捉えて頂いて構いません。これは私の人生を人質にした脅しとも言えます」

簡単に言葉を発することは出来なかった。本気だと、その表情に滲み出ていたから。

「私はこの恐怖心を克服しなければいけないんです。だから、貴方を信じて――私の人生を賭けてみたいと、そう思いました」

その顔には少しの罪悪感が滲んでいた。俺はその顔から目を離すことが出来ないまま、からからに渇いた喉から声を絞り出した。

「どうして、俺なんだ」

「理由は簡単です。貴方は他の人と違って私の顔以外を見ない。こうしてちゃんと目を見て話してくれるからです」

じっと、蒼い瞳が俺を射抜いてくる。俺の心を見透かすかのように。

「私は貴方を信用したい。貴方が無理なら……諦めます。全てを」

ふっと目を逸らした彼女の表情は、酷く寂しそうに見えた。ひとりぼっちの子どものように。

――気がつくと、断る理由はなくなっていた。違う。断ってはいけないと思っていた。

彼女の優しさを知ってしまった。お婆さんに席を譲り、赤ちゃんを見て優しい笑みを浮かべる彼女が……未来を諦めてしまうなんて。

――絶対に嫌だ。

彼女に嫌われるとか、日常が変わってしまうとか、そんな不安は頭から抜け落ちていた。

彼女が俺に賭けてくれるのならば、それに応えたい。強くそう思った。

「分かった。電車に乗っている間、傍に居よう」

「ありがとう、ございます」

俺が頷くと、彼女はほっとした様子で微笑むのだった。

そして。あ、と彼女は綺麗な声を漏らした。

「自己紹介がまだでしたね」

「……そういえば」

彼女はこほん、と一つ咳払いをして、俺の目をまっすぐに見つめてくる。

「私の名前は東雲凪です。見た目は外国人に見えるでしょうが、とある夫婦の養子になったのでこの名前です。容姿以外は日本人と捉えてもらって構いません」

――東雲凪。

どうしてだろう。外国人の容姿をしているのに。とても似合っている名前に思えた。

「俺の名前は海以蒼太（みのりそうた）だ」

「はい、これからよろしくお願いします。海以（みのり）君」

そう言っておずおずと差し出してきた手を、俺は握った。

すると、彼女は——東雲（しののめ）は微笑（ほほえ）んだ。

それは今まで見たことがないほど柔らかく、暖かい笑み。心臓がドクンと大きく高鳴る。

……その日から。俺の日常は大きく変わったのだった。

朝、電車に乗る。普段は奥の方へ詰めるのだが、今日は違う。

出入り口の近くに来て、毎回降りる人の場所を作るために降り、入ってを繰り返す。

そうして何駅か後。乗り込んできた少女へと声をかけた。

「東雲（しののめ）」

「……あ」

彼女は俺を見つけた瞬間、傍（そば）へと近寄ってきた。

それから俺は、彼女と共に隅の方へと移動する。壁の方に彼女を。そして、その前に自分を置くようにした。

「ありがとう、ございます」

「気にしないでくれ」

男の人にぶつからないよう配慮していたのがバレたのだろう。俺は一言告げた後、押し黙る。

場に沈黙が訪れた。……まあ、俺は傍に居て欲しいと言われただけだ。後は自由にしても良いだろう。というかするべきだろう。変に話しかけて困らせる訳にもいかないし。

……という考えは、彼女に話しかけられて打ち砕かれることとなった。

「あの」

細く長い、白魚のような指がつんつんと俺の肩をつついてきた。

「なんだ?」

「その、ごめんなさい。海以君が良ければお話をしようと思いまして」

お話。その言葉に納得し、己の察しの悪さに自省した。

「悪い、気が回らなかった。そうだよな。少しずつでも克服しないといけないんだよな」

「はい。ですので、少しだけ良いですか?」

「大丈夫だ」

それにしても話、か。何を話すのだろう。

東雲はじっと俺を見て、考え込むように顎に手を添えた。

「……海以君」

彼女は何かを決心したかのように俺を見た。

「こういう時って何のお話をすれば良いんでしょう？」

思わずずっこけそうになってしまった。

「な、何の話って」

「すみません、経験不足でして。こういう時になんと話せば良いのかなと」

「……なるほど。俺も女子と話した経験はほとんどないんだが」

ふむ。そうなるとあれだな。定番のやつしかない。

「そうだな。東雲は趣味とかないのか？」

お見合いをする男女か、と自分にツッコミを入れながらもそう聞く。

「趣味、ですか？　そうですね。日本舞踊に力を入れてますね。それと、茶道と華道を少々」

「おお……凄いな」

日本舞踊に茶道と華道。自分には縁のなかったものである。でも、東雲がやっていると聞くと妙に納得してしまった。

確かに東雲の容姿は外国人である。しかし、凛としているというか。大和撫子らしい雰囲気が滲み出ていたから。

「海以君のご趣味はなんでしょう？」

「東雲に比べればそんなに殊勝なものじゃない。アニメを見たり、漫画を読んだり、みたいな感じだな」

人並みの趣味。そのつもりで言ったのだが、俺の言葉を聞いて東雲は眉を顰めた。

「立派な芸術作品だと思いますよ。人の思いが詰まった作品、そして人の心を揺さぶるような作品に貴賤などありません」

意外、と言うと失礼かもしれないが。凪の言葉に驚いた。

「……すまない」

「いえ、良いんです。そう考える人も居る、ということは理解してますし」

東雲はそう言いながら少し――ほんの少しだけ口角を上げた。

「それに、素直に謝ることが出来る人は嫌いじゃありません」

小さく心臓が跳ねた。思わず視線が揺れ動いてしまい、隠すように前を向く。

それと電車が着くのは同時の事だった。

「さて、私はここですので」

「ああ。分かった」

東雲が降りようとするのを見て、俺は扉の方へと送る。

「ありがとうございました。海以君は優しいんですね」

「当たり前のことをやってるだけだ。別に優しいとかじゃない」

「……その当たり前のことを出来る人って少ないんですよ」

東雲の小さな言葉を聞き逃さないようにしつつも、その言葉には何も返すことは出来なかった。

東雲が電車から降りつつ、一度その蒼い瞳を俺へと向ける。

「それではまた明日、海以君」

「また明日な」

小さく手を上げる東雲に手を振り返し、彼女が見えなくなってから俺は一息ついた。

……ああ、緊張した。

「知ってるか？　サッカー部の村田まで【氷姫】にフラレたらしいぜ」

「まじ？　え、でもあいつ親が社長とかで、将来は社長候補とか自分で言ってなかったか？」

「な、めちゃくちゃおもろくね？　あんだけイキッてたのにさ」

教室の隅から聞こえる声に、読んでいる本から意識が剝がされてしまう。

ため息を呑み込みながら本に集中しようとするも、言葉が耳に何度も飛び込んでくる。

「でも村田が無理ならもう無理じゃね？」

「無理無理、天地がひっくり返っても無理だわ」

「おっしゃ次俺行ってくるわ」

そう話しながら笑う男子生徒達から感じる『恐怖』を搔き消そうとするかのように、どんどん心が冷え込んでいくのが分かる。

男の人は苦手だ。元から苦手だったけど、今ではもっと苦手になった。……かと言って、女性が得意という訳でもない。ひょっとしたら男の人と同じくらい苦手かもしれない。

嫌な過去を思い出し、呑み込んだはずのため息が漏れてしまった。

——今朝の彼は優しかったな。

嫌な事を打ち消すような記憶。『当たり前のことをやってるだけだ』と言った彼のことを思い出すと、不思議とささくれだった心が落ち着き始めた。

そうだ。彼は他の人と違う。

そもそも彼はおかしな人だった。

前から彼の視線は感じていた。でも、他の人と違う視線だった。

彼は私の顔——特に、よく目を見ていた。反対に、それ以外の場所に視線は感じなかった。

私の体は外国の血が流れているからか、発育は周りの生徒に比べるとかなり良い方だと思う。少なくとも、着物を着る時はサラシを巻かないといけないくらいには。

けれど、彼からそこを見られることはなかった。今日もそうだった。

「……」

そこまで考え、本を持って立ち上がった。図書室に行こうと思って。

これ以上教室に居ても気分を悪くするだけだ。どうせなら良い気持ちのまま過ごしたい。

その時、視界の端でとある生徒が動いた。彼女はあの声の主に向かって近づく。

「ね、声でかいよ。教室全体に聞こえてるけど恥ずかしくないの？」

金糸のように綺麗で目立つ髪をポニーテールにした美少女。肌はほんのり焼けていて健康的だ。

羽山光さん。彼女が彼らに向かって言っていた。

「お、おお。悪い」

「気をつけてよね。ぶっちゃけ不快だから」

思わずそこに目を向けてしまっていて、そのせいで席に戻ろうとした彼女と目が合ってしまう。

「……！」

彼女は私を見てニッと笑って親指を立てた。草木を照らす太陽のように明るい笑みだった。

「ありがとう、ございます」

私は小さく呟いて席に座ったのだった。

「ということが昨日あったんです」

「へえ、良かったじゃないか」

次の日、東雲（しののめ）から話したいことがあると言われてその話をされた。

「……正直に言うと、戸惑ってます。こんなことをされたのは初めてなので」

「素直に受け止めれば良（い）いんじゃないか？」

そう返すも、東雲（しののめ）は難しい顔を崩さなかった。

「ですが……」

「俺のことは信じてくれたのにか？」

「一世一代の賭けを連日で行えるほど、私は賭け師（ギャンブラー）ではありませんから」

想定していたより強い言葉で返された。いや、今のは俺が悪いな。

「……すまない。配慮が足りなかった」

「いえ、構いません」

確か、彼女は信頼出来る同性の友人も居ないと言っていた。何か理由があるのかもしれない。

でも、それは凄（すご）く。……凄（すご）く寂しいことなんじゃないか。

頭の中から言葉を探した。

「瑛二。俺には巻坂瑛二っていう友達が居るんだ」

唐突な言葉だったが、東雲は黙って話を聞いてくれた。

「俺も友達は少ない方だ。……いや、ほとんど居ないと言って良いかもしれない」

「意外です」

「そうか？　……まあそれは良いとして。ちゃんとした友達はそいつ、瑛二が初めてだった」

こくりと東雲が頷く。時間のこともあるし、手短に話さないといけないな。

「入学式が終わった次の日、俺は財布を無くしてしまったんだ」

「お財布を、ですか？」

「ああ。初めてのことでめちゃくちゃ焦った」

あの時のことを思い出し、ふと笑みが零れた。

「瑛二は前の席だったんだけど、様子がおかしい俺に気づいて一緒に捜してくれたんだよ。夜までな」

「凄いですね」

「俺ももう帰って良いって何回も言ったんだけど、最後まで付き合ってくれたんだ。家から学校までの道を三往復して。……結局交番に届けられてたんだけどな。瑛二が居なかったらそこまで気が回らなかったよ」

感慨にふけりそうになり、小さく頭を振って意識をこちらに戻す。

「その後、一緒にファミレスで夕飯を食べて仲良くなったんだ。……何が言いたいのか分かりにくいな」

回想はそれくらいにして、東雲へと目を向けた。

「世の中、優しくない人は居ると思う。それも少なくない数。だけど、それでも優しい人は居る。あと一回くらい、信じてみても良いんじゃないか？」

それでも——

「万が一裏切られるようなことがあったとしたら、俺を詰ってくれても良い」

「……どうして」

東雲の蒼い瞳がじっと俺を見つめてきていた。

「どうして、そこまでしてくれるんですか？」

その言葉に俺は改めて考えた。考えてしまった。

『東雲の笑ってる顔が見たいから』

……だめだ、こんなの言えない。

「ええと、だな」

何か他にないかと脳内を探る。

「その、俺も人を信じられない……とまでは言わないが。友達なんて作りたくないって思ってた時期があったから。でも、一人だけ出来て考えが変わったんだよ」

うん、そうだ。

「世の中、そこまで悪いやつばかりじゃないなって、今はそう思ってる」

言える範囲で、今俺が思ってることを素直に口にする。

「東雲にも感じて欲しいんだ。この気持ちを」

言ってから気づいた。

違う、ダメだ。素直になりすぎだ。

これは自分の願望を押し付けているだけに過ぎない。結局、それで何かがあれば傷つくのは東雲なのだ。

「ごめん。かなりお節介だった。……忘れてくれ」

慌てて謝ったものの、言葉尻が小さくなっていく。

結局やらかしたか、俺。

こみ上げてくるため息を――俺は吐き出すことが出来なかった。彼女の言葉に遮られたから。

「……いいえ。聞くことが出来て良かったです。ですから、そんな顔しないでください。こちらを見てください、海以君」

いつの間にか俯いていて、東雲の言葉に俺はため息を呑み込みながら顔を上げる。

すぐ目の前に東雲の蒼い瞳があった。じっと、海の底のように蒼い瞳。そこにふっと光が差し込んだ。

「確かに私も少し卑屈になっていました。海以君が言うのなら……少しだけ頑張ってみようと思います」

「……東雲！」

その言葉が嬉しくて、つい彼女の名前を呼んでしまう。東雲はくすりと笑った。

笑ってから、とん、と人差し指で俺の胸を突いた。

「その代わり、万が一があれば。その時は慰めてくださいね」

「ッ……」

その仕草の一つ一つに脳みそが沸騰するかと思った。顔に血液が集まってきて、耳まで熱くなる。

その時。車内に目的地のアナウンスが流れ始めた。

「あ、もう着きますね」

「そう、だな。そういえば東雲。帰りって大丈夫なのか？　もし良かったら帰りも――」

「い、良いんですか⁉」

言葉の終わりを待たず、食い気味に東雲が返事をしてきて。少しびっくりしてしまった。

東雲は誤魔化すように小さく咳払いをした。

「こほん。す、すみません。取り乱しました」

「いや、それは良いんだけどな。今日までどうしてたんだ？」

「そ、その……なるべく女性が多そうな場所に」

「……頑張ってたんだな」

「そう、ですね。少しだけ。……いえ、かなり頑張ってました」

その言葉を聞いて、汗ばんだ手をズボンで拭う。これでも、断られたらどうしようと緊張していたのだ。想定していた以上に良い反応を貰えたが。

「それなら帰りも送ろう。何時のものに乗ってるんだ？」

「乗る時は四時半丁度のものですね。車両は同じです」

「了解だ。俺も良いぐらいの時間だ」

そこで電車が着いたので出入り口まで送る。降りる直前、東雲がこちらに視線を流してきた。

「海以君と居るの、結構楽しいので。帰りも楽しみにしています」

「そ……うか。俺も、楽しみにしてる」

「はい。それではまた後で」

小さく手を振る彼女へ、こちらも手のひらを見せる。

よく声が裏返らなかったな、俺。褒めてやりたい。

それにしても――

「反則だろ、今の」

小さく呟き、彼女に振り返した手をそのまま顔に被せる。

だらしなく緩められた間抜けな顔は、もうしばらく戻りそうになかった。

朝に比べると随分人が減った車両内。俺は扉の近くで待機していた。目的地に着き、ホームの方を眺める。

扉越しに彼女と目が合った。それと同時に扉が開き、俺は一歩下がる。

「この時間だとこんにちは、ですね。海以君」

「ああ、こんにちは。東雲」

今日二回目の挨拶を彼女と交わして定位置に着いた。帰りは朝より学生が多いので、かなり目立っている。……それでも俺や東雲の高校に通ってる生徒はほとんど居ない。他の車両にはそこそこ居るようだが。理由としては彼女に突撃して撃沈していった者がかなりの数居るからだろう。隣の高校だからワンチャンあるんじゃないか、みたいなのが多かったのだ。

「この時間に海以君と会うのは初めて。いえ、お久しぶりなのでは？」

「そうだな。たまに見かけるくらいだったし」

学校に行く時間はともかく、帰りは割とバラバラである。瑛二と遊ぶ時もあれば、日直や帰りのＳＨＲが長引き、何本か遅い電車に乗ることだってあった。

「夏休み前とかだったかな、最後は」

「……よく覚えていますね」

「失礼を承知で言うが、ずっと見てたからな」

　案外覚えているものだ。さすがに会った日全ての日付を覚えているとまでは言わないが。

　そこでふと、朝のことを思い出した。

「そういえば東雲。朝話したアレはどうだったんだ？」

「あ、はい。海以君にも話そうと思っていたんです。まだ完全に彼女のことを理解出来た訳でもありませんが」

「誰か一人のことを完全に理解するのは不可能だと思うぞ。それはそれとして聞かせて欲しい」

　こくりと頷いて、東雲は話し始めた。

「やほ、今いーかい？　東雲ちゃん」
　どのタイミングで話しかけようか朝から迷っていたら、向こうから話しかけられた。

金色の髪にぱっちりとした目。スタイルも良い彼女は強く目を惹かれる存在だ。

「羽山さん。どうされましたか？」

そう返しながらも、自分の声には警戒色が強くなっていた。更に悪癖なことに、謝罪の言葉も口からは出てこない。『他者に弱みを見せない』という父の教えが身に染み付いているからだ。良いことだ、とは思いつつも。ジクジクとささくれだった心臓が痛む。

「ちょっといーかな。東雲ちゃんとお話がしたくてね」

「……構いませんが」

羽山さんはニコリと笑ってちょいちょいと手招きをした。立ち上がり、私は彼女についていく。

辿り着いたのは人気の少ない裏庭。場所はなんとなく察していたものの、身を硬くしてしまう。

「何の用事でしょうか」

「そー怖がらないでよ。別に取って食ったりしないから。というか、私から用事って訳でもないからね」

その言葉に考え込みそうになり、また良くない癖だと目を瞑る。

「どういうことですか？」

「や、今日なんか視線感じるなーって思ったからさ。東雲ちゃんから」

息を呑んでしまった。……いや、確かにそうだ。いつ話しかけようかと、私は彼女に何度も不躾な視線を向けてしまっていた。

「すみません。何度も見てしまって」

「いーよいーよ。それで、なんか用あるのかなって思ってね。あと、東雲ちゃんから話しかけてきたら目立つかなーってのも思ったし」

「……お気遣いありがとうございます」

「や、ほんとに気にしなくていーからさ。てか良かった、合ってたんだ。これで自意識過剰だったら恥ずいじゃん？」

うっすらと頬を赤く染めて微笑む彼女はとても魅力的で、思わず見蕩れてしまいそうになった。やはり綺麗な人だ、羽山さんは。その思考も一瞬だけに留めておいて、それならと私は口を開く。

「き、昨日のお礼を言いたくて」

「あー、やっぱそれだったんだ。いーのに、わざわざ言わなくても」

「そういう訳にもいきません」

『他者に弱みを見せない』というお父様の教えは別に『恩を受けるな』という意味ではない。

人は一人では生きていけない。必然的に、誰かに助けて貰う必要があるから。特に学生のうちはそれが大切だと、つい最近お父様が言っていた。

「昨日はありがとうございました」

「はい、おっけー。私もあいつらは目障りだったからね」

ひらひらと手を振る羽山さんは少しだけ照れているようだった。彼女を見つつ、緩みそうになった頬を少し引き締める。

「……それと、一つお願いがあります。羽山さん」

「んー？　なーに？」

「わ、私。羽山さんと仲良くなりたい、です」

緊張して言葉がつっかえてしまった。バレてないと良いけどと思いながらも、バレないはずがないと頬が熱を持ち始める。

だけど、羽山さんはニコッと楽しそうな笑みを見せてくれた。

「もちろん！」

東雲の言葉を聞きながら、気がつけば自分の頬まで緩んでいた。じんわりと、心の底に暖かいものが広がっていた。
「なるほど。それで友達になったんだな」

「いいえ、お友達にはなっていません」

「ん？」

　でも仲良くなりたいって言葉にその羽山さんって生徒が頷いて……え？

「知り合い以上お友達未満、と言ったところでしょうか」

「えっと……なんでだ？　普通にお友達で良いんじゃないか？」

　東雲は小さく。本当に小さく笑った。白い肌に映える桃色の唇が開き、その中から赤く小さな舌が覗いた。

「どうしてだと思いますか？」

　その声は少しだけ弾んでいて、鼓膜をゾリゾリと撫でる。嫌に心臓が高鳴り、脳内ではありえない選択肢が浮かんでいた。

「……分から、ないな」

「そうでしたか。残念です」

　残念、と言いながらも彼女の声から落胆は感じられない。それどころか——少しだけ、楽しそうにも見えた。

「では、分かったら教えてくださいね」

　想像していた答えは返ってこず、小さく息が漏れた。

「教えてては、くれないんだな」

「ふふ、今は、まだ秘密です」

唇の前に指を一つ立てて笑う東雲。

心臓がドクン、と強く打ち付けられた。

「……そうだ。東雲に一つ聞いてみたいことがあったんだ」

その心臓を無視するために俺は話を切り替えた。東雲は小さく首を傾げる。

「ふとした疑問なんだけどな。東雲って告白とかは一切受けるつもりがないのか？」

「ないですね」

まさかの即答である。なんとなく予想がついてはいたけども。

「ああ、すみません。ちょっと今までの男の子は論外な人しか居らず……絶対にない、とは言いませんよ」

ふむ、と東雲は考え込むように顎に手を当てた。

「きちんと手順を踏んで頂ければ一考はします。今まで、いきなり恋人になろうとする人しか居なくて……せめて、お友達になってから告白して頂きたいところです」

「なるほどな」

「まあ、お友達を作るつもりもなかったので。恋人を作るつもりはないと言っても過言ではありません」

そういえば、信頼出来る友達が居ないと言っていたか。友達を作らない何らかの理由があってもおかしくない。

質問は以上ですか？　と尋ねてくる瞳にああ、と俺は頷いた。

「それでは次は私から質問を。今日を通して一つ思い出したことがあるんです」

東雲がじっと見つめてきた。話を変えることで落ち着きを取り戻し始めていた心臓は、また大きく鼓動を打つ準備を始めていた。こっそりと胸の上に手を置いて落ち着かせた。

「海以君にはとても大きな恩があります。何か恩返しがしたいのです」

「恩って、別に良い。気にしなくて」

「それだと私が困ります」

東雲はその言葉通り眉を下げ、小さな愛想笑いを浮かべていた。それを見ながら考える。

恩返し、か。本当に気にしなくて良いのだが。……そういえば。

『テストきちぃ。霧香に教えなきゃいけないんだけど俺も頭はそんな良くねえからなぁ。ミイラ取りがミイラになったら笑ってくれよな』

瑛二がそんなことを言っていたな。再来週は中間テストなのだ。

「東雲って頭は良いのか？」

「これでも学年トップです。英語以外は」

東雲の言葉は意外なものだった。口を引き結んでじっと見つめてしまい、東雲はその目を惹く桃色の唇をへの字に曲げた。

「……変って思いましたよね。この見た目で英語が苦手って」

「誰にだって苦手なことの一つや二つくらいあるだろ。確かに意外ではあったが」

「結構大変なんですよ。外国の方から道案内を頼まれた時はあたふたしちゃいますし」

「あー、そうか。見た目だけでいえば話せると思われてもおかしくないな。俺も外国の人相手に話す自信はないしな」

その言葉に同調しつつ、じっと東雲を見返す。

「ちなみに古典とか出来たりするか？」

「得意ですよ。英語以外の教科は全般」

「……そうだな。じゃあ東雲が良ければ、勉強を教えて欲しい」

東雲は小さく目を見開き、そして深く頷いた。

「承りました。私にお任せください。では早速――」

東雲がカバンを開けようとしたその時、目的地に着くことを知らせるアナウンスが流れた。

「もう、でしたか。海以君と一緒に居ると時間の流れが速く感じますね」

「そうだな。また次の機会、ということでよろしく頼む」

「はい。それではまた明日」

「ああ、また明日」

東雲を扉まで見送り、小さく手を振り返しながら思ってしまう。

この時間が終わってしまうのが、凄く寂しいな、と。

「――ということなので、この答えに行きつきます」

「ああ、そういうことだったのか。なるほど。……だから次の答えはここになる、で良いのか？」

「そういうことです。やはり地頭は良い方ですね、海以君。基礎もちゃんと出来てますし」

「東雲の教え方が上手いんだよ」

お世辞でもなんでもなく本心である。学校の授業に比べると、ピンポイントに学ぶことが出来るというのもあるんだろうが。東雲は分からない部分を明確にし、言語化して教えてくれるからとても分かりやすい。

ただ一つ、重大な問題点があった。

「では次はここですね」

その声に混じった吐息が手の甲にかかり、背筋がくすぐられたような錯覚に陥る。

そう、近いのだ。めちゃくちゃ。

一つのテキストを使うから、という理由もある。電車に人が多いから、という理由もある。

しかし、だ。

「海以君。ちょっと失礼しますね。ここは——」

東雲の細く綺麗な指がぴとりと当てられる。ふわりと甘く、爽やかな匂いが漂った。香水の匂いなのか、シャンプーの匂いなのか……それとも他のものなのか分からない。

「海以君。分かりましたか？」

「——悪い。よく、聞いてなかった」

「もう、しょうがありませんね。もう一回、噛み砕きながら説明します」

東雲の言葉に改めて耳を傾けた。しかし、顔もその他の部分も当たってしまいそうなくらい近く……俺の心臓が休まることはなかったのだった。

「……ふう。面白い話でした」

静まりかえり、時計の音とページをめくる音しか響いていなかった部屋。湯上がりに本を一冊読んで眠る。それが私のルーティンだった。

本を置いて、明日の準備を——

そっか。明日は土曜日。休日だ。

土曜日、ということは学校もお休みということで。つまり、彼に会えないということだ。
ふっと全身から力が抜け、ベッドに倒れ込む。先程までのやる気はどこに行ったのか、今は電気を消す気力すら霧散していた。

「会いたい、海以(みのり)君に」

そう言葉がこぼれ落ちた。

……え？

私、今なんと言った？

記憶の表層を撫(な)でた瞬間、ボッと顔から火が出るように熱くなった。

「ち、違う。違います。今のはそういう訳では」

自分に言い聞かせるように呟(つぶや)いて、隣にあった抱き枕を力いっぱい抱きしめる。

そう。違う。そういう意味じゃない。

彼は今まで出会った中でも異質な存在。

優しくて、でも下心がない。不躾(ぶしつけ)な視線を向けてくることもないし、自分を律することが出来る人。

そして、一緒に居ると居心地が良くて、楽しいから。だから、一緒に居たいと思っても何もおかしくはない。おかしくないはず。

「あっ」

その時、良いことを思いついた。

「お勉強会を開いたら、お休みの日も一緒に居られます」

今週は彼ともう会えないから諦めるとしても、来週こそは——

「き、来てくれる、でしょうか。休日なら、須坂さんを言いくるめれば多分、大丈夫だと思いますが」

ふと不安になる。心がざわざわとして、不思議と眠くなりかけていた目が冴え始める。

「と、とりあえず今は眠らなければ」

ぶんぶんと頭を振って意識を切り替える。また意識が変わらないように、抱き枕を強く抱いた。

でも、頭の中は彼のことでいっぱいで、楽しくなってしまって。眠りにつくまでに多少の時間を要したのだった。

だから、なのだろう。あんな夢を見てしまったのは。

雪のように真っ白な髪。そして海のように蒼い瞳。しかしその体躯は見慣れたそれよりずっと小さい。

幼い彼女は何かを怖がるように目を背けた。その瞳が大きく揺れる。

誰かに助けを求めるように手を差し出そうとして、その直前でやめる。

(寂しい)

その感情が流れ込んでくる。とても——いや。そこまで懐かしくはない感情だった。

やがて、彼女は諦めたように俯いた。その時だった。

「おいで、凪」

「私達の家族になりませんか?」

闇の中から現れたのは、二つの手。

少しゴツゴツした手は男の人の手。真っ白でとても綺麗な手は女の人の手だ。

彼女は恐る恐る、その手に手を伸ばした。その小さな手が包まれるように握られ、彼女はこの世界から消えていく。

今度はこの暗い世界で。私がひとりぼっちになった。

薄れていく意識の中、また一つ手が差し伸べられたように見えたけど……多分、気のせいだろう。

アラームより早く目が覚めた。先程まで夢うつつだったというのに、今は酷く思考が冴え渡っていた。

眠る前に感じていた昂りはもう消え失せている。

「馬鹿ですね、私は」

一時の感情に振り回され、大切なものを見失うところだった。

目を瞑り、冷えた思考をぐるぐると体の中に行き渡らせる。

「今日も一日、頑張ります。お父様。お母様」

私を救ってくれた二人のために。

東雲の様子がおかしい。

それは朝、一目見た瞬間気づいたことだ。

「どうされました？　そんなにじっと見て」

「そっちこそどうしたんだ？　なんか距離が遠いぞ」

東雲は俺から一歩離れた場所に居た。しかし、その物理的な距離以上に精神的な距離も遠くなったような気がする。

理由を考えようとしたが、彼女の気持ちを推し量るという行為自体が無粋かもしれないと思い直す。直接聞いた方が早いし、そうしよう。

「別に、なんでもありません」

……そう返されると、俺からは何も出来なくなる訳だが。

しっかし――きついな。一度は仲良くなれたと思っていたのに、距離を置かれるというのは。

ため息を噛み殺していると、電車が動き始める。皆がつり革に手を伸ばす。

それと同時に俺は気づいた。東雲の隣にサラリーマンが居たのだ。

「ツ……」

「東雲……！　こっち来てくれ」

東雲の肩が大きく跳ねる。別に触れられていた訳ではない。

一度サラリーマンに謝罪の意を込めて会釈をし、東雲にこちらに来て欲しいことを目で伝えながら手を差し出す。その目には恐怖の色が滲み出ていた。

「……そんな顔されると、かなり心に来るんだが」

「あ……ごめんなさい」

「別に良い、と言いたいが。謝罪は受け取っておく。東雲、一つ聞いて欲しいんだ」

変に取り繕っても意味はない。自分で心に来ると言ってしまった訳だし。

頭の中を整理しつつ、俺の手を取って目の前に来てくれた彼女を眺める。

「俺は東雲を裏切ったりしない。絶対に」

改めてその事実を告げる。東雲だけでなく、俺自身にも誓うように。

「なにがあったのかは知らないし聞かない。でも、約束くらいは守らせてくれ。頼むから」

「ご、ごめん、なさい。私……」

東雲は少し考えた後、少しだけ押し黙る。

ぽつり、ぽつりと彼女はつぶやき始める。

「父の、教えなんです。私は父のような人になりたくて、幼い頃にどうすればお父様のようになれるのか、気をつけていることはないのか聞きました。色々ありましたが、その中の一つに『他者に弱みを見せない』というものがありました。それを聞いてから、私は誰にも弱さを見せない、そんな自分を演じてきました」

ああ、なるほど。

「それが【氷姫】か」

「……いつからか、そう呼ばれるようになりましたね」

彼女はそこで一旦言葉を止め、周りを見た。

「海以君に。貴方に出会ってから、おかしいんです。気がつけばこの仮面が勝手に剝がれている。顔が綻んでしまう」

唐突なその言葉に固まってしまう。遅れて心臓がバクンと強く叩きつけられた。

「だから、距離を取ろうとしてしまいました。……貴方を信じると言っておきながら。申し訳ありません」

「いや、事情はなんとなく分かった」

ふー、と俺は天井を見上げて息を吐く。頭の中に溜まった熱ごと、全てを吐き出すように。

「疲れないか。ずっと自分を偽り続けるのは」

「それは……お父様のような人になるため。これくらいは出来るようにならなければいけないので」

「そうか」

そこで一旦言葉を句切り、彼女を見る。あれだけ気高く凛々しかった彼女はそこに居ない。

彼女もただの女の子なのだから当たり前だ。

もしかしたら、俺は間違ったことをしようとしているのかもしれない。

「東雲」

でも、そうした方が良いと、俺の直感は告げていた。

「東雲のお父さんは四六時中自分を偽っているのか？　東雲が居ない……お母さんと二人の時

もずっとそうだって言えるのか？」

「それは……」

「反対に聞きたいが。東雲は一日中、家でも自分を偽っているのか？」

そう聞くも、東雲から返事は返ってこない。否定をされない、ということはそういうことだろう。東雲のお父さんも、常に自分を偽れという意味では言っていないと思う。

「ずっと走り続けていたらいつか息切れをする。そうなると、また走り出すまでに時間が掛かるし、効率も悪い……と俺は思う」

俺なんかに言われるのも面白くないだろう。でもここで俺が言わなければ、いつか彼女が倒れてしまうような気がしたから。

「俺は東雲を絶対に裏切らない。だから、いつもの姿を見せて欲しい」

東雲の瞳が揺らいだものの、その瞳から『恐怖』の色は消え去っていた。

「それに。俺は【氷姫】の東雲よりもいつもの東雲。笑顔の東雲の方が好きだからさ」

……。

待て。今、俺はなんて言った？

「ふぇ……？」

東雲が今まで見たことないような驚き方をしている。ちょっと可愛いとか思っている場合じゃない。

「い、いや、その、今のは違くて」

「ち、違うんですか？」

少し寂しそうに言う東雲。俺は首を横に振れなかった。

「ち、違わない、というか。素を見せてくれた方が嬉しいという意味というか」

頭の中がぐるぐると回り、上手く言葉が出てこずに慌ててしまう。東雲の唇から笑みが漏れ、彼女は上品に手で覆い隠した。

「ふふ」

鈴を転がすような、綺麗で澄んだ笑い声。手で見えない部分も多かったけど——筆舌に尽くしがたいほど、その表情は輝いているように見えた。

「分かりました。貴方の前では取り繕いません」

東雲は笑顔を崩すことなくそう言った。それと同時に、電車内にアナウンスが流れる。東雲の目的地に着いたのだ。

「もう着きましたか。相変わらず早いですね」

その言葉にハッとなって、俺は東雲を扉まで送る。彼女は電車から降りる前にこちらを振り返った。

「それではまた帰りに」

目は薄く細められ、口角は上がっている。また彼女に見蕩れそうになって、俺はこめかみをぐりぐりと揉んで意識を切り替えた。

「ああ、また後で」

これで良かったのかと、心が問いかけてきた。

ああ、良かったんだと自分に答える。

だって、あの笑顔がまた見られるのだから。彼女が笑顔で居られるのだから、それで良いだろう。

「なあ、蒼太。悪いニュースと悪いニュースがある。どっちから聞きたい？」

「なんだよいきなり。しかも悪いのしかないのか。聞きたくない」

「別にそれでも良いんだけどよ。ショック受けるかもしれないぞ、そう遠くないうちに」

やけに深刻な表情をする瑛二。聞くしかないかと彼に視線を向けた。

「なんだよ。じゃあ一つ目の方から聞かせてくれ」

「おうよ」

瑛二はそう言って神妙な面持ちをする。今まで見たことがないような表情に、こちらも意識を切り替えた。

「【氷姫】に彼氏が出来たって噂があんだよ」

「……」

思わず押し黙ってしまった。頭の中に色々な考えが巡ったものの、一度目を瞑って考え直す。

「えーっと。その、噂の出所というか。なんでそんな噂が出回っているんだ？」

「おう。これは余所の高校から聞いた話なんだけどな。あの【氷姫】が電車の中で男子生徒と仲睦まじそうにしているところが目撃されたんだよ」

「……そうか」

頭が痛くなりそうであった。

その相手はおそらく俺だ、とは言えず、どうしようかと天を仰ぐ。天井しか見えないんだけどな。

「蒼太。一つ思ったんだけどよ」

「ん？」

「お前彼女出来ただろ」

「ッ……ゴホッ、ゲホッ。い、いきなりどうした」

予想外の言葉に噎せてしまった。まさか東雲と一緒に居た所を見られたのかと思っていると、瑛二が先程の表情を崩して笑った。

「お前が想像以上にダメージ受けてないからな。あと最近楽しそうだし。女の匂いがぷんぷんするぜ」

「お前は犬か」

「お？　ということは正解か？」

「ハズレだ」

違うと言ってもニヤニヤと見続ける瑛二。デコピンでもしてやろうか。……いや、誤解を解く方が先だな。

「言っとくが、恋人とかじゃない。……友達、と呼んで良いのかも分からないけどな」

なんせ出会いが特殊過ぎる。それに、生憎だが女友達は――一人しか居ないし、それも瑛二の彼女なので、更に特殊なパターンである。

「へぇ？　好きなのか？」

「ゲホッ。……お前なぁ」

「ははっ。珍しいからな。んで？　どうなんだ？」

咳払いを何度かして呼吸を整え、ふぅと息を吐く。

「……好きじゃない」

「お前って分かりやすいよな」

「う、うるさいぞ」

瑛二に返しながらも顔が熱くなっていく。しかし、瑛二は俺を見て神妙な面持ちをしていた。てっきりからかわれるのかと思ったが。

「なぁ。一つ聞いておきたいんだが」

「どうした？」

「お前、騙されてたりしてないよな」

彼から発されるには不穏な言葉。ふざけて言っている訳ではないのだろう。

「俺はお前のこと、結構評価してんだよ。異常なまでに優しいからな」

「何のことを話してるのか分からんが」

「迷子を助けたりお婆さんの荷物を家まで運んだり。あとは別の委員会だろうがその委員の生徒が休んでたら進んで自分から行くし。そういうのはちゃんと見てるんだからな」

「全部当たり前のことだろ。やらなかったら後々嫌な気分になる」

「そういうとこなんだよな……。別に金を取られるとかじゃねえ。誰かが騙されてるのを見て笑おうとする奴も居る」

「忠告はありがたいが、大丈夫だ、本当に」

「……お前がそう言うなら良いんだけどよ」

別に嫌がらせで言ってないことぐらいは分かる。ただ、彼女は嘘を吐く理由がない。それに。

彼女が俺を信じてくれているのだから、俺も彼女を信じたい。

「不快にさせちまったらわりぃな」

「気にしなくて良いぞ」

そこで話が切り替わる、と思ったのだが。

「最後に一つ聞いて良いか？」

「なんだ？」

ニヤニヤとしているが、その目は笑っていない。奇妙な表情をする瑛二に続きの言葉を促す。

「脈アリっぽいか？」

どうやら気のせいだったらしい。凄くため息を吐きたくなった。

「ないだろうよ。そもそも釣り合わない」

「悪い癖出てるぞー。自己肯定感上げてけ？　つか本当にないのか？　例えばお前にしか見せない表情があるとか」

「……ない」

「お前って嘘吐くの下手だよな」

「うるさい」

こうなったら話を切り替えるしかない。丁度良い話題もある。

「さっきから気になってたんだが、もう一つの悪いニュースってなんだ？」

「おお、それなんだけど……ちょっと待ってくれ」

瑛二が少しだけ考える素振りを見せ、何かを企むように笑った。

「やらんぞ」

「まだ何も言ってねえが⁉」

「なんか嫌な予感がしてな」

俺の言葉に瑛二はニヤリと笑う。

「なーに、あれだよ。つか話戻すぞ」

「ああ。教えてくれ」

「単純にな。俺と霧香の成績がやべぇんだ」

いつもなら『リア充爆発しろ』の一言で終わらせるのだが、瑛二の表情からしてかなり深刻そうだ。

「そんなにか？」

「ああ。このままだと俺まで留年しちまう」

「そこまでなのか」

珍しい。確かに瑛二はあまり勉強が出来ないが。

「だからよ。勉強会しないか？　というか教えてくれ……！　まじで手に負えねぇんだ」

「勉強会、か」

少し考える。それならば。

「俺の家でやるか？」

「良いのか⁉　そういやお前一人暮らしだったな！」

「ああ。さすがに泊まりはダメだが。それでも二日やれば十分だろ」

「お前が神だったのか」

あまりの物言いに思わず苦笑する。しかし、結局彼が何を企んでいるのかは分からなかった。

考えすぎか。

「ああ、そうそう。もし用事が入りそうなら、そっちを優先して良いからな」

「……？　ああ、分かった」

「こ、今週末、お勉強会、しませんか」

帰りの電車。東雲にそう言われた。凄く。凄く胸が痛くなった。

誰がどうみても勇気を出して言っている。頬はほんのり赤く、そわそわと返事を待っている東雲。さっきなんて扉の向こうで口パクで予行演習していたんだぞ。

凄く、凄く胸が痛い。

「……ひょっとして、用事が入っていたりしましたか？」

「あー、いやー、その。だ、大丈夫。空ける。どうにか一日は」

「話してください」

「あ、はい」

大人しく瑛二のことについて話した。土日に勉強会を俺の家ですること。二人ともかなり大変なことになっているらしいということまで。

「なるほど。先を越されていましたか」

「ちょっと待ってくれ。今瑛二に話を――」

「いけませんよ、海以君」

スマートフォンを取り出そうとする俺を東雲が制止した。うっと喉から音が漏れる。

「非常に。非常に残念ですが、今回は諦めます。本当に残念ではありますが」

「面目ない」

「海以君は……といいますか、悪い人はいませんよ。タイミングが悪かっただけです。ええ。

朝の私のほっぺたを抓りたいところですが、仕方ありません」

東雲の言葉はありがたくも、胸を突き刺してくるものだった。

「お勉強会、楽しんできてくださいね」

「……なあ。瑛二達に話したらきっと東雲も――」

「ダメです。たとえ海以君のご友人であろうと、海以君じゃないのでダメです」

「ぐ。判断基準が厳しい。仕方ないことだが」

しかし、それならば選択肢は一つしかない。

「必ず埋め合わせはする」

「では来週……だとテストは終わっちゃいますね」

「好きなときに言ってくれ。基本暇だから、当日だろうと次は絶対合わせるよ」

「はい。それでは」

丁度その時電車は着いて、東雲は帰って行った。

「おはようございます、海以君。休日はどうでした？」

「ああ、おはよう。東雲。死ぬほど勉強漬けしてきたよ。東雲のお陰で上手く教えることが出来た」

「海以君がちゃんと話を聞いていた証拠ですよ。今日もお勉強頑張りましょうね」

東雲は薄く微笑み、カバンを開いた。最近ではこの笑顔がデフォルトとなってきている。良いことだ。

「東雲。東雲が良ければ英語を教えたいんだが」

そう言えば、東雲は小さく目を見開いた。

「良いんですか？」

「ああ。俺、英語だけは得意なんだ」

「じゃあお願いします、海以君」

東雲からは多くを学んだ。それはもう、このテストでは満点を狙えるんじゃないかと思えるくらい。暗記の効率的なやり方も教えて貰ったし、今度はこちらがお返しをしたい。

「ではこちらの英文についてお聞きしたくて」

東雲が英語の教科書を取り出し、広げてくる。

……近い。いや、先週からそうなのだが。更に近くなったんじゃないかと思う。

肩を触れさせたり、髪が腕をくすぐったりしてくる。ふわりと花のように爽やかで甘い匂いがし、心がざわざわとする。

「あー、ここ分かりにくいよな。訳すと――」

東雲は簡単な単語などは分かっているようであり、どちらかというと文法や品詞の方が苦手なようだった。

「……！　そういうことでしたか。海以君」

キラキラとした目で俺を見てくる東雲。距離が近く、その海のように蒼い瞳に俺の姿が反射していた。

「あ、ああ。そういうことだ」

「どうされました？」

思わず視線を外してしまい、不審に思った東雲が覗き込んできた。しかし、それは少し無理な体勢だった。

「もしかして体調が……ひゃっ！」

「し、東雲！」

体勢を崩す東雲。人が多く、ここで転んだら大惨事である。そんな理由を思いついたのは、体が動いた後のことだった。

ふわりと甘い匂いが強くなる。全身が暖かく――柔らかいものを包んだ。

「あ、ありがとうございます」

「……大丈夫だ」

心臓がうるさい。これ、聞こえてないだろうか。いや、聞こえているだろう。ほぼゼロ距離、丁度胸の辺りに東雲が居るのだから。

そこまで考えるも、未だ鼓動は収まらない。むしろ大きくなるばかりだ。呼吸すらも止めてしまい、内に感じる鼓動はより鮮明になっていく。それはなぜか。

彼女が離れようとしなかったからだ。

「し、東雲……？」

肺から空気を絞り出し、掠れた声で彼女の名を呼ぶ。しかし返事はない。視線を下に持って行った。

「……」

呼吸のことなど忘れてしまっていた。

胸の中に居る彼女はとても安らかな顔をして、俺の胸に耳を押し当てていたから。

「暖かい、です」

その言葉はとても柔らかく、彼女の顔は普段からは想像出来ないほど緩みきっていた。

時間が止まったかのような錯覚。周りのことなど一切目に入らない。

ずっとこのままだったら良いのに、とすら思ってしまう。

気がつけば俺はその頭に手を伸ばしてしまっていた。これ以上はダメだと言い聞かせる理性は無視され——

ティロン

スマートフォンの通知が鳴る。心臓が止まるかと思った。東雲も大きくビクンと跳ねた。

バッと東雲が顔を上げると、その綺麗な白い肌がどんどん朱色に変わっていく。

「ご、ごごめんなさい！　そ、その。海以君の胸の中、居心地が良くて」

正直過ぎるぞこの子。ああもう、どんどん顔が熱くなってきた。

「き、気にしなくて良い。……俺の前では取り繕わなくて良いって言ったしな」

呼吸を整え、胸に手を当てて荒れ狂う心臓を落ち着ける。

「そ、そういえば。スマートフォンの通知、鳴ってましたよね」

「そうだったな。ちょっと失礼する」

ポケットからスマートフォンを取り出し、画面を見る。瑛二だ。

『一つ頼みがある。霧香とパフェ食いに行ってくんね？』

……また唐突だな。どうして瑛二が一緒に行かないんだ？

『瑛二が行けば良いんじゃないか？』

『や、俺甘いの苦手でな。あいつ一人で行くの嫌いだし。なんかモンブランフェアが明日で終わるらしいんだよ。明日行ってくれないか？』

そういえば、どこかのタイミングで瑛二が言ってたな。甘い物が苦手って。しかし、それにしても……

『嫌じゃないのか？　恋人が男子生徒とパフェを食べに行くのは』

『蒼太だから言ってんだよ。それと、霧香も勉強のお礼がしたいって言ってたしな』

その言葉に驚いたものの、少し嬉しかった。

だけど、それを受ける訳にはいかない。

「嬉しそうですね、海以君」

東雲に言われて俺は顔を上げる。東雲も落ち着いてきたようで、赤かった頬はうっすら桃色になっていた。

「ああ。ちょっと瑛二とな」

「差し支えなければ、どんなお話か聞いても良いですか？」

言葉に詰まってしまい、少し考えてしまう。

「無理して話す必要もありませんが……」

「いや。まあ大丈夫だ。瑛二からのお願いでな。彼女とパフェを食べに行って欲しい、と言われたんだ。

東雲は怪訝な顔をしそうになっていたが、俺の顔を見てこくこくと頷いた。

「まず、瑛二は甘い物が苦手でな。それと瑛二もそうなんだが、彼女の方もコミュ力が高い。男女問わず仲良く出来るタイプだ」

「ふむ。羽山さんと似てますね」

「聞いている感じそうっぽいな。そのこともあって、一人より誰かと一緒に遊ぶ方が好きなんだよ」

「なるほど。なんとなく分かってきました」

「ああ。加えて……かなり二人の仲が良い。お互いを信頼しているって言った方が良いか。後はこの前の勉強会のお礼ってのもあるらしい」

「理解しました」

その目から疑念が払拭されるのを感じて、俺もホッとした。

「では行くんですか？」

「いや、行かない。……誘われてるの、明日なんだよ。言い方からして放課後だろうし、先約があるからな」

東雲が気を使わないようにそう言った。しかし、東雲は難しい顔を見せた。

「……良いですよ、行っても」

「東雲？」

「そこまで気を使わせたくない、という気持ちはあります。でも、それだけじゃありません」

その蒼い瞳をまっすぐ俺に向け、東雲は言う。

「テスト期間なので、習い事がないんです。特に門限も設けられていませんし、家の人に少し遅くなると言っておけば問題ありません」

「だけど……良いのか？」

「もちろんです。私よりもお友達のことを優先してください。テスト前はリラックスが大切ですから」

その言葉に一瞬眉を顰めそうになる。その言い方だとまるで——いや。まだそのお眼鏡に適っていない、ということか。

そして、丁度その時。電車が着いてしまった。

「では、時間が決まったら教えてくださいね」

「……分かった」

それでは、と告げる彼女の声はいつもより少しだけ沈んでいるような気がした。

次の日。学校を終えた私は駅に向かった。

『恐らく二、三十分程で終わる』

今朝、彼にそう言われていたから。それくらいなら全然問題ないと思っていた。その時までは。

駅のホームで待つ。まだ連絡先は交換していないため、終わったら彼がここまで来ると言っていた。

最初は座っていたものの、気がつけば私は立ち上がっていた。

「……落ち着きません」

思わず独り言を呟(つぶや)いてしまうくらい、私の心はざわついていた。

「仕方ありません。向かいますか」

もうすぐテストもある。この精神状況は良くない。

彼が来るまで勉強しようと思っていたけれど、仕方ない。

まだ、電車に乗るのは怖いけど。彼のお陰であの時よりは大丈夫だ。

海以君の所へ向かう電車が来て、私の足は扉へと向かっていた。

「いけませんね……冷静さを欠いています」

そもそも、海以君が向かう場所がこの辺りとは聞いていない。もしかしたら別の駅だった可能性もある。いや、その可能性の方が高い。

一度、ため息を吐いた。私らしくもない。

しかし、仕方がないので私は歩き始めた。

この辺りは来たことがなかった。普段見ない景色が物珍しく、辺りを見渡していた。

「海以君が一緒だったら、もっと楽しかったのでしょうか」

思わずそんなことを考えてしまう。彼がここに居たら、色々案内してくれたのかな、とか。

ううん。きっと、ただ隣に居てくれるだけでも安心して、楽しくなると思う。

でも、隣に彼は居ない。それを考えるだけで胸にチクリと針が刺さったような痛みが走る。

一度、口を引き結んでから私は歩き始めた。

すると、一つのお店が目に留まった。一見それはカフェのように見えた。しかし、少し違う。

よく見れば、それはスイーツの専門店のようだった。

外に立てられている旗を見たところ、モンブランのフェアが今日までやっているらしい。私は思わず考えてしまった。

「……海以君と行きたかったですね」

そう呟いてしまい、すぐに首を振った。ここは彼の高校が近い。彼と一緒に食べていたら変に思われてしまうかもしれない。ただでさえ最近は海以君のことが周りにバレかけているのだ。

彼に迷惑を掛けたくない。

そろそろ戻ろうかな、と思った時。

私は見てしまった。

「――海以君」

彼が、綺麗な女性と楽しそうに――モンブランのパフェを食べているところを。

栗色の髪にふんわりとパーマが掛かっている。とても明るそうな女性。

ああ。ここ、だったんだ。彼が言っていた場所は。

ギュッと。まるで、心が絞られたみたいに痛くなった。

許可をしたのは私自身だ。分かっている。そんなこと。

そして、その選択が正しかったことも。私のために彼を縛り付ける訳にはいかない。縛り付けたくなかった。だから、この痛みは無視しなければいけない。

でも、痛い。気を抜けば弱音が漏れてしまいそうなくらいに痛い。どうして、と言いたくなったけど。声は口の中で掠(かす)れて消えた。

呼吸の仕方すら忘れてしまったような。そんな錯覚を起こす。

そのまま私は……気がつけば、歩き出していて。

私が意識を取り戻した時には、もう既に私の高校の最寄り駅に居た。

あの日から東雲(しののめ)の様子がおかしい。

話しかけると普通の反応を返すのだが、時々ぼうっとしたり、じっと何かを考え込む素振りを見せるのだ。

……やはり、怒らせてしまったのだろうか。

例えば。もし反対の立場だったとして。俺はどう思うだろう。

もし、東雲が誰か男子生徒とご飯を食べていたら——

「ッ……」

瞬間、心の中に黒いもやがあふれ出す。ゾワリと鳥肌が立った。

「……これは良くないだろ、俺」

こんなの、彼女に邪な視線を向ける男と変わらないじゃないか。ぶんぶんと頭を振ってその雑念を掻き消した。

でも、もしこれが原因だとしたら。

テスト最終日になってしまったが、もし今日も様子がおかしければ聞いてみるべきだろう。

そう覚悟を決め、俺は東雲の乗る電車に乗った。

しかし。

「おはようございます、海以君」

予想に反して東雲はニコリと微笑み、そう挨拶してきた。

「あ、ああ。おはよう？」

その姿は普段と変わらない……それどころか、いつもより機嫌が良さそうに見える。

「最近、少し調子が変に見えていたらごめんなさい。少し悩みがありまして。でも、昨日クラスの方に相談して解決しました」

「そうだったのか」

東雲は一つ頷いて。俺の顔をじっと見た。

「どうした？」

「なんでもないですよ。早く行きましょうか、海以君」

「お、おお。分かった」

そして、いつもの場所に移動をした。……しかし。

普段より、少しだけ距離が近いような気がした。

勉強を教えて貰った時からそうしていたので横並びになっているのだが……手の甲が当たっている。それほどまでに近い。

「そういえば海以君」

しかし、東雲はそんなこと気にしないとばかりに俺の名前を呼んだ。

……いや。よく見れば、頬や耳が赤いような気がする。

蒼い瞳はそれを気にする素振りを見せない。彼女は一度俺を見て、小さく首を傾げた。

「傘、持ってきてないんですか？　今日は午後から雨が降る予報でしたが」

「……本当か？」

俺は思わず間の抜けた声を上げた。空を見るが、今はほとんど雲がない。

そして、東雲を改めて見る。真っ白な傘を持っていた。

「まじか。……家出る前に洗濯物干してきたんだよ」

「天気予報はしっかり確認しないといけませんよ。ご両親はお仕事ですか？」

「ん？　そういえば言ってなかったか。俺、上京してきたんだよ。だから一人暮らしなんだ」

「そうでしたか。……それならこちらとしても都合が良いですね」

「……？　どういう意味だ？」

「いえ、気にしないでください」

少し気になったものの、気にしないでと言われたことだ。詮索はしないでおこう。窓の外を見る。

東雲の言うとおり、ちゃんと天気予報を確認しておけば良かった。

くよくよしていても仕方ない、か。ため息を呑み込んで東雲の方を見ると、その蒼い双眸がこちらをじっと射抜いていた。

「海以君。良ければ――」

東雲は何かを言おうとして止めた。一番気になるやつなんだが。

「なんだ？　言いたいことがあるなら遠慮しない方が良いぞ」

「――いえ、なんでもありません。気にしないでください」

頬と耳を真っ赤にしながら彼女はそう言った。さっき以上に聞かれたくなさそうだし、無理に聞かない方が良さそうだ。

……それで本当に良いのか？　彼女の様子が戻ったことに何か関係があるんじゃないか？

　しかし、俺が改めて聞くより早く東雲が口を開いた。

「海以君ってご兄弟とかはいらっしゃるんですか？」

「ん？　居ないが」

「そうですか……。ちなみにご両親のお仕事は？」

「父さんは地方の公務員。母さんは専業主婦だな。……いきなりどうしたんだ？」

　唐突に質問をされて驚いていると。東雲はいいえ、と続けた。

「考えてみれば、私って海以君のことを全然知らないなと思いまして。良ければ、もっと教えて頂きたいです」

　その言葉に、そして微笑みからは裏を読み取ることが出来ない。純粋に、本当に知りたいと思ってくれているのかと心が揺れ動く。

「あ、ああ。それは良いんだけど。……何から話せば良いんだ」

「では、ご出身は――」

　それから、彼女に質問責めをされる時間となった。テスト当日ではあるが、勉強は十分出来ている。だけど、結局あの時のことを聞けないまま、東雲の降りる駅へと着いてしまう。

「それでは、また後で」

「……また後でな」

　去り際に見せた笑顔が頭から離れず……駅前のコンビニで傘を買おうと思っていたのに、

色々と考え事をしていたせいで忘れてしまったのだった。

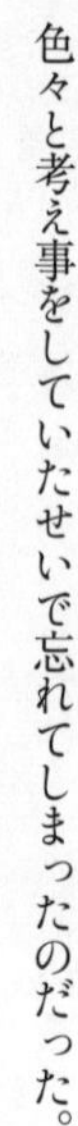

◆◆◆

「え、今日雨降るってまじ？」

「まじらしいぞ。天気予報ではそう言われてたらしい」

学校へ来て、いつも通り瑛二と会話をする。どうやら瑛二も傘を持ってきていなかったようだ。

「まじかよ。霧香に迎えに来て貰うわ」

「このリア充が」

「はは。悔しければ彼女を作れ」

「そこまで悔しくはないな。目立ちそうだし」

「そこは悔しがるところだろうが」

いつも通りの会話をしながら、改めて俺は思う。

今日の帰り、どうしようか。走って帰るしかないな、と。

「雨、ほんとに降ったな」

玄関で瑛二と待ちながら、ぽつりと呟く。

外では大きな雨粒が地面を打ち付けていた。

「しかも土砂降り。……あーあ。世の主婦様は今頃洗濯物の取り込みで忙しいだろうよ」

「俺みたいに洗濯物を干してきた奴は今頃泣いてるだろうな」

「まじ？　ドンマイすぎるなそれは」

曇天の空に大粒の雨。まだ残暑を引きずっており、外に出るとむわりとした熱気が襲いかかってきた。雨が降ったせいで、反対に明日は涼しくなるかもしれない。

今から走ったとして、コンビニまで距離がある。俺みたいな奴が傘を買っていて売り切れてる可能性もあるか。そうなると、駅に着いて電車に乗って。そこからまた家まで走ることとなる。恐らく風邪は引くだろう。明日が土曜日ということだけが救いだ。

「あー。霧香が迎えに来たら俺らで傘買ってこようか？」

「いや、大丈夫だ。人も待たせてるからな」

約束の時間まではまだある。しかし、もし瑛二達に買ってきて貰うとなると少し危ない。

瑛二が目を細め、校門の方を見て呟いた。

「お、来たな」

校門の方に桃色の傘が見えた。俺は分からないが、瑛二からすれば見慣れているものなのだろう。

そして、傘の持ち主が校門で見張っている先生と話し……恐らく、迎えに来たことの許可を得ているのだろう。無事許可を得たようで、こちらに歩いてきた。

傘の下から栗色の瞳が覗いた。

「よーっす瑛二。天気予報はちゃんと見ないとそのうち風邪引いちゃうよん。みのりんも火曜ぶり。てかみのりんも傘忘れたんだ。意外」

ぶんぶんと手を振って駆け寄ってきたのは一人の美少女。

西沢霧香。

茶色の髪をボブカットにした、元気溌剌を体現している美少女である。一つ一つの動きが大きく、今も大げさにぶんぶんと手を振っていた。

そんな美少女は俺の隣に居る瑛二の恋人だ。言われれば納得してしまうくらいお似合いのカップルである。

「俺だって傘を忘れることぐらいある。というか、どちらかと言えばずぼらな方だぞ」

「そうなの？　結構意外」

家は綺麗にしているが、料理などは全然しない。毎日外食かコンビニ弁当である。

瑛二はそれを知っているので苦笑いだ。そのまま俺は二人を見送る。

「それじゃあな、瑛二。また来週……俺が風邪を拗らせてないことを祈ってくれ」

「良いのか？　本当に傘買ってきても良いんだぞ？　手間じゃないし、急ぎなら俺らも急ぐし」

「多分その辺のコンビニは学生で溢れかえってるぞ。その気遣いだけで……なんだ？」

その時、校門に異変が起こった。凄い人集りが出来ているのだ。先生が声を上げて注意をするも、全く聞いていない。

傘を広げようとしていた西沢も、その隣に居た瑛二も、俺の声に反応して校門の方を見た。

「なんだ？　誰かの姉ちゃんが女優とかアイドルだったみたいな感じか？」

「絶妙にありそうだな」

やがて、先生が道を切り分け……そこから真っ白な傘をさした、一人の女子高生が現れた。

あれ。あの制服、見たことがあるな。傘も、どこかで見たような。

ざわざわと心に波風が立ち始めた。

まさか。いや、そんなはずがない。

しかし、そんな俺の思いとは裏腹に。その見慣れた制服を着た女子高生が。

　……雰囲気だけでも美少女だと分かる彼女は、俺の方へと一直線にやってくる。周りの視線がどんどん集まる。瑛二と西沢もなんだと視線を向けるが、傘で彼女の顔はよく見えない。

　そして、彼女は俺の目の前で立ち止まった。

「海以君」

　彼女は俺の名を呼んで、傘を下ろした。

　ちょん、ちょんと。露先から雨粒が滴り落ちる。背まで伸びた白い髪は曇った空と対照的に眩しかった。

「迎えに来ちゃいました」

　思考が止まった。ぶわりと手汗が滲み。全身からも一気に汗が噴き出す。

「……し、東雲？」

　イタズラが成功した子どものように彼女は笑う。あの頃の大人っぽい表情とも、最近見せるようになった笑顔とも違う。初めて見る笑み。

　東雲凪。

　ここに来るはずがない彼女が、目の前で楽しそうに微笑んでいた。

「はい、私です。海以君」

鈴を転がしたように軽やかで、普段より三割増しで弾んだ声。俺はまだ状況が摑めずにいた。

火曜日の夜へと時は戻る。

「はぁ……」

痛む胸を手で押さえていた。あれからどれだけ時間が経っても、痛みが和らぐことがなかった。むしろ痛みは大きくなっているような気がする。

夕ご飯も残してしまって、お母様達に心配されてしまった。

早く、どうにかしないといけない。そう分かってるのに、頭の中は彼のことで支配されていた。

「私。嫌な人です」

自分で考えて。何度目かのため息を吐く。理由は明確だ。

「海以君」

彼が、ある女性。確か、親友の恋人。その方とスイーツを食べて楽しそうにしていた姿を見てしまったから。

その光景を思い出す度に呼吸が苦しくなって、心が……心臓が痛くなる。

「眠れませんね、今日は」

じくじくと痛む胸を押さえ、痛みが和らげば良いなと思いながら天井を見つめた。

「……海以君」

思わず彼の名前を呼んでいた。

彼の声が聞きたい。

彼と目を合わせたい。

ふと、転びそうになって彼に抱きとめられた時のことを思い出した。

太陽のように暖かい体。ドクドクと早く鳴り響く鼓動は私と同じで、少しだけ安心した。

制汗剤の爽やかな匂いに混じった彼の匂いはとても好きなものだった。時が止まれば良いのに、とか。柄にもなく考えてしまった。

──また、彼に抱きしめられたい。

私は頬に手を当てた。

「何を考えてるんですか、私は」

ほう、と少しだけ熱っぽい息が漏れる。

今日は彼のことを考えすぎて、眠るまでまだまだ時間がかかりそうだ。

◆◆◆

「東雲ちゃん、ちょっと時間ちょーだい」

木曜日の朝。早めに来たのでテスト勉強をしようと考えていたら、私は羽山さんに呼ばれた。

唐突なことに固まってしまう。

「な、なんの用でしょうか」

「いーから。悪いようにはしないよ」

その言葉は怪しいものだった。彼女でなければ訝しんだと思う。

でも、今更彼女を疑ったりはしない。したくない。

「分かりました」

私は頷き、彼女に連れて行かれる。場所はなんとなく予想がついた。

そして、その想像が外れることもなく。私は裏庭へと誘い込まれた。

「ねえ。何かあったでしょ」

どこか確信めいた物言いだった。

「なんでも、ありません」

「なんでもある人が言う言葉じゃん。じゃあもう単刀直入に聞くけどさ」

どんな言葉が来るのか身構えていたものの、彼女の口から飛び出たのは予想外のものだった。

「東雲ちゃんさ。恋、してるでしょ」

「……ふぇ？」

だから、そんな間の抜けた声を上げてしまった。じっと羽山さんは私を見て、にんまりと笑う。

「東雲ちゃんもそんな顔するんだ？」

「ち、ちょっと驚いただけです」

だ、大丈夫。大丈夫。ポーカーフェイスは得意だから。

「それにしては顔赤いけど？」

得意、だけど……顔の熱を分散させる練習は、まだしてなかった。

「ふーん？　ま、いいや。そんでどしたの？　例の彼氏と喧嘩でもした？」

「か、彼氏ではありません！」

思わず大きな声を出してしまって、慌てて自分の口を手で塞いだ。羽山さんの口がもぞもぞと動いて――

「ぷ、はは！」

笑った。楽しそうに。

「はは、あはは！　なんだ、そんな顔も出来んじゃん」

む、と少しだけ怒ってしまいそうになって。でも、羽山さんがすぐに謝ってくれたので溜飲が下がった。

「ごめんごめん。意外、っていうか。なんか嬉しくて。東雲ちゃんも人間なんだなぁってさ」

「私は血の通った人間です」

「ん、ふふ、そうだね。ちゃんと人間だ。人間だから、そんな顔もする」

羽山さんは口角を下げることなく続けた。

「じゃあ、そんな東雲ちゃんの恋物語について聞こうかな」

その言葉は軽くても、目は真剣な眼差しをしていた。

「話してくれないかな。意外とこういうの、抱え込んじゃうと響くよ。後に」

「……」

少し考え込む。話して良いものなのか。

「言っとくけど私、口だけは堅いから」

それはなんとなく分かる。彼女は無闇に言いふらすような人ではない。

……話そう。ここで徒に時間を消費する訳にもいかない。

「実は、ですね――」

私は話した。彼のことを。

私を助けてくれた、男の人。初めて出来た、大切な人。

彼が女性と楽しそうにしているところを見て、苦しくなったことを。

「なるほどね」

羽山(はやま)さんは笑うことなく話を聞いてくれた。真面目な表情は決して崩れない。

「おっけ。まず最初に言いたいことがあるんだけど、良(い)い？」

「なんでしょうか」

ごくりと、生唾を飲み込む音が聞こえた。それが自分のものだと私は気づけなかった。

「東雲(しののめ)ちゃん、めちゃくちゃ恋してんじゃん」

「ッ……」

喉がぎゅっと絞られたようだった。違う、と言おうとしても声は出ない。

羽山(はやま)さんは私の反応に何かを確信したように頷(うなず)く。

「東雲(しののめ)ちゃんさ、恋したことないでしょ」

「……ええ、そうですね」

恋。それを題材とした小説は読んだことがある。しかし、それを自分が経験したことがあるかと聞かれれば、頷(うなず)くことは出来なかった。

「だからちょっと混乱してるっぽいけど。じゃあ質問。その彼と居てドキドキしたことはある？」

「ドキドキ、ですか？」

少しだけ考えた。彼と一緒に居て、ドキドキしたこと。今すぐにでも思い出せる。彼の体温を。匂いを。鼓動を。

脳裏を掠めたのは、あの時。抱きとめられた時の記憶。

そして、私自身の心臓がより強く高鳴っていたことも。

「当たり、ね」

「……したことがない、と言えば嘘になります。ですが、それだけではありません」

それ以外にも彼との記憶はたくさんあった。そして、その記憶の大半を埋め尽くしていたものがある。

「彼と一緒に居ると安心するんです。不安や緊張。そういったものが全てなくなるんです」

それと、あと一つある。彼と一緒に居ると、心に被せていた仮面が剝がれ落ちるのだ。取り繕えなくなる。『他者に弱みを見せない』という教えも忘れ、謝罪の言葉もすんなり出てくるのだ。

そこまで言葉にしなかったけど、羽山さんは大きく頷いていた。

「なーるほど？　恋愛ってか結婚寄りか」

「けっ。結婚⁉」

また大きな声が出てしまい、またもや私は自分の口を塞ぐ。羽山さんは柔らかく微笑んでいた。

「そ。お母さん達からの受け売りでしかないけどね。でもまだ分かんないか。今自覚しちゃったっぽいし。ここから恋愛に移るのかな」

少し考えて羽山さんが続けた。

「あ、でもさ。彼が他の女性と居るのは嫌なんだよね。うん、恋だわ。恋であり愛だ」

その言葉に困惑しつつも、まだ肝心な話を聞いてないことに私は気づいた。

「え、えっと。あの。そちらは一旦置いておきまして。私は解決方法を知りたいのですが」

「ごめんごめん、そっちね。……でももうちょっと待って。あと一つだけ話しておきたいことがあるんだ」

話しておきたいこと。全然想像がつかなかった。

「例の彼の友達。それとその彼女のこと」

「彼のお友達とその彼女？」

思わず首を傾げてしまう。羽山さんは頷き、説明をしてくれた。

「これは私の直感なんだけどさ。そのお友達は、東雲ちゃんを見極めようとしてるんじゃないかなって」

「見極める、ですか？」

そう、と言って羽山さんは続ける。

「多分だけど。その彼は東雲ちゃんのこと、えっと、今だけ【氷姫】って言うね。【氷姫】と仲良くなったってお友達には伝えてないと思うんだよ」

「そうですね。伝えていないと思います」

海以君なら言っていないと思う。もし言うとしたら、彼の性格上一度私に聞くはずだ。

「お、じゃあ合ってるかな。【氷姫】とは伝えずに東雲ちゃんのことを伝えてそうな感じはある？　大切な友達、とか」

「た、大切……それは分かりませんが。【氷姫】ではなく、一人のお友達としてなら私のことを話していてもおかしくないとは思います」

「まあ言ってるかな。東雲ちゃんですらこんなに変わってるんだし。その彼も雰囲気とか変わって気づかれててもおかしくないからね」

その言葉に頷く。彼も変わっている……と良いなと思う。

「ついでに、彼とそのお友達とは相当仲良い感じ？」

「……お友達のことは時々話してくれます。仲はとてもよろしいかと」

ふむふむ、と羽山さんが頭の中身を整理するように何度も頷いた。

「うーん？　やっぱこれ、東雲ちゃんにジャブかけてる感じかな？」

「ジャブ、ですか？」

「そ、ジャブ。東雲ちゃんを見極めつつ、色々かき混ぜようとしてる、ってのが私の考え」

「……すみません、察しが悪くて」

「や、多分私の妄想も入ってるからさ。でもなんとなーく合ってる気もするんだよね。多分相手は私に似てるっぽいからさ」

そう前置きして、彼女は話し始めた。

「私は東雲ちゃんに恋人が出来るなら、なるべく良い人であって欲しいって思ってる」

「あ、ありがとうございます？」

「ん、そんな感じでさ。仲が良い人。もっと言えば、大切な人には幸せになって欲しいものじゃない？」

「それはそうですが……あ、そういうことですか」

そこでやっと合点がいった。

「そう。彼の友達は、東雲ちゃんがどんな人なのか探りを入れてる。もっと言えば、東雲ちゃんが彼に好意があるかどうか、だね。東雲ちゃんが嫉妬するかどうか試してるんだと思うよ」

そう言って羽山さんは指を立て、推測を教えてくれた。私はそれを咀嚼し、理解が深められるよう自分で嚙み砕いた。羽山さんがまとめてくれる言葉を聞きながらそれが正しいかどうか吟味する。

「東雲ちゃんが彼をどう思ってるのか試した。ついでにそのお友達も東雲ちゃんのことが気になってる感じかな。女の子と遊んだのが面白くないからって接触してくれれば御の字。会えば人柄とか探れるからね。してこなくても、彼と東雲ちゃんの間に進展が望める。その場合は彼から話を聞きつつ次の手に移れるし。……とりあえず引っかき回そうって意思が見えるかな。それでも適当に引っかき回してる訳じゃない。悪い結果にはそうそうならないから。……意外と向こうも策士なのかもね」

聞いていて、どんどん顔が熱くなっていった。もう顔で卵焼きが作れそうだ。

「全部推測だけどね。もしかしたらなーんも考えてないかもしれないし」

「な、なるほど。ですが、これって……その。彼がわ、私に恋をしているという前提がないと成り立たない気が」

「や、だからそーいう前提。てか東雲ちゃん相手に恋しない男子の方が少ないっしょ」

上手く言葉が返せず、羽山さんがにっこりと笑った。

「これから『恋』に発展する、って可能性もなくはないけど。普通に考えたら好意くらいは抱いてると思うけどね」

……顔に上る熱は残暑のせい、ということにしておこう。

一度思考を戻す。一つ気になることがあった。

「これが本当だとして。お相手の彼女さんが大変な立ち位置では？」

「そうだね。もしかしたら彼女の方が計画立ててるのかも。彼女の協力がないと出来ないし」

そこで、羽山さんが笑顔を解いた。

「なんにせよ、東雲ちゃんが喧嘩を売られたことに変わりはないね」

少し物騒な言葉に私は眉を顰める。彼女は気にせず説明を続けた。

「さっきも言ったけど、案外そこまで考えてない可能性もあるよ。なーんも考えないでただ遊びに行っただけの可能性もあるし。勉強会のお礼ってのは本当だと思う」

羽山さんは、ふっと空気が抜けるように笑った。

「だけど私から見れば、彼のお友達は場を掻き乱して東雲ちゃんの出方をうかがってるようにしか見えない。もしそれが合ってたとすると、手のひらの上で転がされてることになる。ヤじゃない？」

その目は爛々としていて楽しそうだ。

「相手がジャブを仕掛けてきたんだったらさ。思いっきり右ストレート、ぶつけるなんてどう？」

羽山さんが構え、右の拳を突き出した。

彼女の言葉に私も笑みが漏れた。

色々、あの件で私も考えさせられていたから。彼女の言葉に頷いて。

「分かりました。ですが、それに当たって私からも相談したい事があります」

私は、覚悟を決める準備を進めていった。そう——

彼に『恋』をする覚悟を。

「こ、ここ【氷姫】⁉　なん、いや……そういう、ことか」

海以君の隣に居たお友達が目を白黒とさせた後、どこか納得したように頷いた。隣に居た、お友達の恋人らしき人も唖然としている。

そうだ。まずは挨拶をしなければいけない。

「初めまして。貴方が海以君のご友人ですよね。お話はかねがね伺っておりました」

ビクリと彼のお友達が跳ねた。海以君は私のことをじっと見つめていたけど、まだ見守ってくれているようだ。それに甘えて私は自己紹介を続ける。

「私は東雲凪と言います。海以君に助けられ、その後から懇意にさせていただいております。以後、お見知り置きを」

そう言いながら一つ礼をした。彼らの慌てる音が耳に届いて笑みが漏れそうになる。

「お、いや、その、私は。巻坂瑛二と申しまする？」

「武士か。普通に挨拶しろよ」

そんな二人のやりとりに、今度こそくすりと笑みが漏れた。私はもう一人の彼女の方へ向く。

「先日は海以君がお世話になったようですね。ありがとうございます」

彼女の喉からひゅっと空気の漏れる音が聞こえる。ちょっと敵意を漏らしすぎたかもしれない。

「い、いえいえ。あ、私は西沢霧香です。そ、その。命だけはご勘弁を？」

「武士に粗相をした農民か。お前らカップルは揃いも揃って……というか、東雲もなんでここに」

「その話は後でしましょう。海以君」

海以君へそう言って。私は西沢さんの耳元へ口を寄せた。彼に聞こえないように。

「ありがとうございます。自分の想いに少しは気づくことが出来ました」

実はそこまで怒っていないことを告げるために、私はなるべく優しい声でそう言った。

思うところがない訳ではない。でも、それ以上に感謝の気持ちの方が大きいのも確かだった。

西沢さんはピクリと肩を跳ねさせた後に、私の言葉を理解したのか苦笑いをした。無事に伝わったようだ。

「さて、海以君。ご友人方に挨拶も済ませましたし。行きましょうか」

「……ちょっと待って欲しい。その、朝も言った通りなんだが。俺は傘を持ってない」

「……？　だから私が来たんですよ？」

真っ白な傘。お母様に買っていただいた、お気に入りの傘を開く。そっと海以君に向けて手招きをした。彼は驚いたように目を見開かせていて、その表情を見ていると私の頬が緩んでいくのが分かった。けれど、もう彼の前で隠したりしない。

今日ここへ来た理由はもちろん、ご友人方への挨拶だけではない。寧ろ、本題は別にある。

それは、羽山さんから伝えられたこと。

私はまだこれが恋だ、と胸を張って言えない。……朝から、海以君の隣に居るとドキドキするようになってしまったけど。まだ分からない。初めての経験だったから。

だから、確かめないといけない。

本当は良くないことだと思う。自分の感情を確かめるために、海以君を利用するなんて。

でも、私は知りたかった。

――これが本当に恋なのか。それとも違うものなのか。

もし、恋なら……本で見たそれと同じだとしたら、私は変われるかもしれない。ううん。

変わらなければいけない。

だから、そのためにまずは――

雨の中、彼女は傘を開いた。どうしようかと固まっていると、彼女は小さく笑う。
「そうでした。海以君。一つお願いがあるんです」

お願いか、と小さく口の中で呟く。二人で話せる場所へ移るべきか迷ったものの、東雲は瑛二達のことを気にしていないようだ。

少しの間を置いて俺は頷く。

「ありがとうございます」

雨が傘を打ちつける音が響いていた。彼女を雨の中立たせるのもどうかと思って、彼女に尋ねる。

「話すならこっちで話さないか？」

「いえ。お願い、と言ってもすぐに終わるものですから」

そう言って彼女は唇の端を持ち上げ――手を差し出してきた。傘を持つ方と反対の手を。

「海以君」

彼女の声はこの雨の中でも良く響いている。聞き逃すことはない。

だからこそ。

「私とお友達になってくれませんか？」

耳を疑ってしまった。その言葉に。そして行動に。

頭の中を様々な考えが渦巻く。しかし、どうしてという言葉は出てこない。当たり前だ。

だって、友達になりたいなんて言葉に理由はいらないから。

……だが、その言葉に強く違和感を覚えた。どうしてなのか俺にも分からないが。

彼女の言葉は本心からのものだと思う。ただなんとなく、何か裏もあるような気がした。

「ダメ、でしょうか」

東雲（しののめ）の言葉は小さく、しかし鋭利に俺の胸を突き刺してくる。そんな風に言われたら、断れる訳ないじゃないか。

いや、違う。違うだろ。断れないから、じゃない。

「俺も、東雲（しののめ）と友達になりたい」

それが俺の本音であることには、間違いないのだから。

そう返し、手を取った。白く綺麗（きれい）な指がしっかりと俺の手を握る。

「はい！」

雨にも負けないくらい、その返事は元気で。笑顔は眩（まぶ）しいものだった。

凄く視線を感じる。それもそうだろう。

——俺は今、東雲と帰っているのだ。しかも同じ傘に入る、いわゆる相合傘で。その上距離も近い。

身長の関係上俺が傘を持っているのだが、腕に東雲の肩が当たっている。

「そ、そういえば。東雲はなんでここまで来たんだ？」

俺がそう聞くと。東雲は少しムッとしたような顔をした。

「海以君が風邪を引くのは嫌ですから」

「そ、そうか……」

いや、そうだよな。うん。東雲ならそう言う気もする。俺が傘を買う可能性も高かっただろうが、万が一を考えてのことだろう。実際その万が一だった訳だし。

その時。東雲の視線が俺に、俺の左半身へ向いた。まずい、バレてしまったか。

「海以君？」

「な、なんだ？」

「私の見間違いじゃなければ、海以君の左肩が濡れているような気がするんですが」

「気のせいじゃないか？」

俺がそう返すも、東雲はジトッとした目で見てきた。

……ぐ。しかし、仕方ないのだ。

傘の大きさからして、俺達二人が入るにはかなり密着しなければならないのだから。

そう思っていると。東雲も同じことを考えたのか、傘をじっと見た。

そして——

ふわりと。甘い香りが脳を刺した。同時に、腕に。そして体に暖かい感覚が走る。

東雲が更に近づいてきたのだ。体を密着させるようにして。

「し、東雲⁉」

「こ、これで問題ないですよね？」

その顔は熱でもあるかのように真っ赤である。俺も自分の顔が熱を帯びていくのが分かった。

「あ、当たっ、当たってるから」

俺はどうにかそう告げた。

そう。当たってしまっている。腕に。

東雲は耳まで真っ赤にして。ほんのり涙目になりながらも、離れようとはしなかった。

「し、仕方、ありません。家に着くまでの、間でしゅから」

東雲は噛みながらそう言う。凄く心に来るものがあったが……待て。

「家？」

「そ、そういえば言ってませんでしたね。というか聞いてませんでした。海以君、今日の予定はどうですか？」

「予定？　特にないが」

「それなら！」

東雲が嬉しそうに大きな声を上げた。かなり珍しいことで、当の本人も少し驚いていた。恥ずかしそうに咳払いを挟み、彼女は続けた。

「み、海以君のお家でテストの打ち上げをしたい、です」

まだ顔は赤い。それとは対照的な蒼い瞳は、まっすぐ俺を見つめていた。覚悟をしているように。

「羨ましかったんです。巻坂さんと西沢さんが」

指がそっと俺の指に重ねられた。

「私ももっと、海以君と仲良くなりたいんです」

ぶわりと全身に鳥肌が立つ。ざわざわと心が撫でられるような快楽を覚える。

その言葉が……俺はどうしようもないくらい、嬉しかった。

ゆっくりと頷くと、東雲は顔をぱあっと輝かせた。

「では！　打ち上げということなので、今日は私が夕ご飯を振る舞いたいと思います！」

「よ、夜まで居るのか。というか料理、出来るんだな」

「出来ますよ。というか料理は得意ですし、好きな方です。楽しみにしていてくださいね」

そのやりとりを交わしていて、また一つ気づく。

「なんか、言葉の種類が変わったような気がするな」

「気づきましたか。もう海以君とはお友達なので、もう少し親近感の湧く話し方にしようかなと。ですます調なのは癖なんですけどね」

ぐいぐいと来る東雲になるほどと頷きながらも、俺の心臓はバクバクと脈打っていた。

それと同時に気づいた。密着された彼女の……東雲の心臓も、ドクドクと音を立てていた。

そのことを意外に思いながら。その事実がより緊張を生み出し、心臓が痛いぐらい強く鼓動を打ち始めた。

一度、落ち着こう。

小さく深呼吸をし、冷静になろうと思っていた時。

「でも、良かったです。これでやっと羽山さんとお友達になれます」

東雲がそう呟いた。その言葉の意味がよく分からない……というより、驚いてしまう。

「ま、まだ友達じゃなかったのか？」

「はい。まだでした」

「えっと。……あんまり話せてないとか？」

「そういうことではありませんよ」

東雲が足を止め、自然とこちらも足を止める。

白かった頬は朱色に染まり、しかし蒼い瞳はじっとこちらを見ていて……彼女ははにかむように笑った。

「一番は海以君って決めてましたから」

　ぎゅっと、心臓を直接手で掴まれたかのような錯覚を起こした。それほどまでに――その言葉は思いも寄らないもので。

「それと、海以君」

「な、なんだ？」

　彼女の言葉を完全に呑み込む前に名前を呼ばれた。その位置が耳元に近く、ビクリと肩を跳ねさせてしまう。

「一つ、提案があるんです」

　その淡い桃色の唇が軽やかな音を紡ぐ。

「テストも終わったことですし。お互い、ご褒美なんてあっても良いんじゃないかなと」

　心臓が痛いくらいに高鳴っていた。腕から伝わる彼女の心音も同様で、更に強く響いている。

「ご褒美、か」

「はい。何でも良いですよ。私からもして欲しいことがあるんです」

　邪な考えが胸の内に広がり、それを理性で無理矢理抑えつけた。

「一つ聞いていいか？」

首を傾げる彼女へ俺は続ける。

「東雲は……何をして欲しいんだ？」

喉から声を絞り出すように聞けば、東雲は目を細めて笑う。

すっと、白魚のような指が一本。唇の前に立てられた。

「秘密、です」

細められた瞳からは期待の色が漏れ出ていた。いつもの三割増しで輝いている気すらする。

あの時……彼女を抱きとめた時より、遥かに強く心臓が打ち付けられた。

日に日に、この感情が増していく。

これ以上されると。本当に、良くない。

——好きになってしまう。

友達なのに。友達になって欲しいと先程言われたばかりなのに。

そう思いながらも——

「——分かった」

俺は、そう返すことしか出来なかった。

第二章

がたんごとんと揺れる電車。

隣を見ると、普段より三割増しで楽しげにしている彼女の姿があった。

——どうしてこうなった。

「どうかしました？」

「……なんでもない」

彼女は俺の視線に気づき、その蒼(あお)く海を思わせる瞳に疑問の色を浮かべた。俺が首を振るのと同時にその色は元に戻る。

彼女の手には真っ白な傘が握られていて、水滴が周りに付かないようにビニールで覆われていた。

今、俺と彼女……東雲凪(しののめなぎ)は俺の家へと向かっている最中であった。

以前、友人である瑛二(えいじ)達と勉強会をするため、東雲(しののめ)との勉強会を断ったことがあった。その時俺は言ったのだ。

『必ず埋め合わせはする』

『好きなときに言ってくれ。基本暇だから、当日だろうと次は絶対合わせるよ』

――と。

実際今日は予定もない。一人暮らしなので家には誰も居ないし、問題があるのかないのかで言えば――大ありである。

特に、家には誰も居ないという点が非常によろしくない。一人暮らしの男の家に女子が来る、と言葉にすれば分かりやすいか。

もちろん彼女に何かをするつもりはない。彼女は男性恐怖症で――ん？

「東雲」

「はい、なんでしょうか」

「俺の高校まで電車で来たんだよな。無理したんじゃないか」

東雲は男性恐怖症である。それも、決して軽い方ではない。なんせ、日常生活を送ることに不安を覚えるくらいなのだ。ただ一日を過ごすだけでもストレスはかなり溜まるだろう。

「大丈夫か大丈夫ではないかと聞かれると、大丈夫とは言えないです」

まっすぐに向けられた蒼い瞳。嘘はつかず、彼女は正直に答えてくれた。

「ですが、少しずつ良くなっているのも事実です。海以君が風邪を引く方が今はよっぽど怖いです」

「……悪い」

「謝らないでください。謝罪よりも欲しい言葉がありますよ、海以君」

小さく頭を下げようとするも、その言葉に遮られた。彼女の口元は緩んでいて、じっと俺から告げられる言葉を待っていた。

「ありがとう、傘を持って迎えにきてくれて」

「はい、どういたしまして」

満足そうに頷く東雲の姿を見て、気がつけば俺の頬も緩んでいたのだった。

「さ、入ってくれ。一応片付けはしてるが……見苦しい所があったらすまない」

「いえいえ、私もいきなり言ったことですし。それではお邪魔します」

扉を開き、東雲を部屋へと迎え入れる。

「ここが海以君のお家なんですね。結構広いです」

「1LDKなんだ。高校生の一人暮らしにしては広いが、母さん達が『お友達が家に来ても不自由な思いをしないように』ってな」

「なるほど。良いお母様方なんですね」

「そうだな。両親には恵まれてると思うよ。……こっちがリビングだ。荷物を置いたら洗面所とかお手洗いとか軽く説明しよう」

「ありがとうございます」

東雲を軽く案内し、手を洗ってからリビングへと戻る。彼女はソファに座り、少しそわそわとしていた。なんとなく自分も居心地が悪くなってしまう。

「緊張してるか？」

「そう、ですね。人の家……特に、殿方の家に入るなんて初めてですから」

――初めて、か。

そう言われると緊張するな。この言い方、というか……俺を初めての友達にしてくれたのだから、友達の家に来るということも初めてなのだろう。嫌な思い出にならないように頑張らねば。

そう心で考えていると、東雲がじっと俺のことを見つめているのに気づいた。

「あの、海以君。お隣に来てもらえませんか？」

東雲はそう言ってソファの隣をぽんぽんと叩いた。思わず体を硬くしてしまうも、慌てたように彼女が口を開いた。

「あ、あの。いつも、海以君が隣に居てくれたので。……海以君が隣に居てくれると安心するんです」

ああ、と思わず声が漏れそうになってしまった。

俺の居心地がなんとなく悪かったのもそれが理由か。

「一緒だったんだな」

「海以君もそう思ってくれてたんですか？」

今度こそああ、と息と共に言葉を吐き出した。彼女の隣へ腰を下ろすと、違和感がすっと消えていくのが分かった。

「こっちの方がしっくりくるな」

「ふふ。お揃いですね」

はにかむように笑う東雲。照れくさいという気持ちより——嬉しいという気持ちの方が上回っている。そんな微笑み方に見えてしまった。

「そ、そういえば。ご褒美とか話してたよな」

このままだと彼女のペースに呑まれてしまうと視線を彼女から外し、帰りのことを思い出す。

「……そう、ですね。お互い勉強は頑張りましたから。どうでしょうか？」

「うん、良いと思う。東雲にはお世話になったしな」

「お互い様ですよ。……それでは私からよろしいでしょうか」

東雲の声が少しだけ硬くなる。改めて視線を彼女の方へ向けると、そこから目が離せなくなった。

雪のように白かった肌は宝石のように赤く透き通ったものへと変わっていた。

彼女の薄い桃色をした唇は小さく言葉を紡ぐ練習をしている。最後にふう、と息を吐いて――

「わ、私の頭を撫でて、褒めて欲しいんです」

――彼女はそう言った。

一瞬、脳の言語処理を司る部分がおかしくなったのかと思った。彼女が絶対に言わないような言葉だと思い……しかし、本当にそうなのかと自分に問いかける。

決めつけるべきではない。東雲が勇気を振り絞って言っているのなら、否定的になってはいけない。

「良いぞ、というのは先に言っておく。その前に理由とか聞いても良いか？」

「……！　ありがとうございます」

一つお礼を挟み、頬を赤らめたまま彼女は真面目な表情で続けた。

「父の教えを聞いて、ずっと私は他人に弱みを見せないようにしていたという話はしましたね」

「ああ、聞いたな」

「はい。あの話を聞いて――幼少期からずっと、私は気高く、強く在ろうとしました。ですから……自分で言うのは少し恥ずかしいのですが、家族であっても甘えることが出来なかったんです」

……なるほど。

「このままずっと、誰にも甘えない。そんな人生でも良いと、一ヶ月前の私は思っていました」

海を思わせる、どこまでも吸い込まれそうな瞳に見つめられる。

その頰は優しく、柔らかく……弱々しく緩んでいた。

「『俺は東雲を絶対に裏切らない。だから、いつもの姿を見せて欲しい』と、貴方は言ってくれましたね」

ああ、言った。その言葉に偽りはない。

その意思を込めて頷くと、彼女はホッとしたように頷いた。

「……い、今まで隠してきましたが。実は私、結構あまえんぼなんです」

「あ、あまえんぼか」

「は、はい。……今の海以君になら見せても良いのかなって、そう思ったんです」

だから、と彼女は小さく呟き、そっと俺へと手を伸ばしかけ——ふっと、力が抜けたように自分の膝の上へと置いた。

「私、今までたくさん頑張ったんです。……ですから、海以君に甘えたいんです」

その言葉は小さく、しかしまっすぐに俺へ向けられたもの。

その不安の色を掻き消すように、俺は手を伸ばした。

「東雲は凄く頑張っていると思う」

雪のようにまっしろな髪の上へと手を置く。髪形が崩れないよう、なるべく……頭を撫でる作法なんて知らないが、優しく撫でるようにする。

「東雲と出会ってからまだ短いけど、努力は伝わってきていた。所作も一つ一つが綺麗だし、物腰も柔らかだ。頭が良い、というのも東雲が努力してきたからだと思う」

ただ勉強をし、理解をするだけなら多くの人が出来るだろう。しかし、彼女はその先、理解した上でとても分かりやすく教えることが出来るのだ。誰もが出来ることではない。

「凄いよ、東雲は。本当によく頑張っている。その努力に俺は何度も助けられたよ」

心の底から、感謝の気持ちを込めて。彼女へと思いを告げる。

「ありがとう」

彼女は小さく震えていた。その髪の間から透けて見える瞳にはうっすらと膜が張って。けれど、彼女は決して自分の顔を隠そうとしなかった。

「良いんだぞ。自分がしたいようにして」

「……少しだけ、胸をお借りしたいです」

「ああ」

ぽすりと、彼女が倒れ込むように体を預けてくる。ぎゅっと、その手が服を掴んできた。

「ありがとう、ございます。海以君」

その言葉は震えていて、服越しにくぐもっていた。

「どういたしまして」

こちらの方が東雲も良いのかなと思って。案の定胸の中から小さく笑う声が聞こえてくる。

それから十分ほどそうしていたのだった。

「大変お見苦しいところをお見せしました」

「別に見苦しくなんてない。……俺も、頼られて嬉しかったからな」

ほんのりと瞼を赤くした東雲へとそう告げる。

「ですが、ごめんなさい。制服も汚してしまって」

「それこそ気にしなくて良い。どうせ洗濯するんだからな。気になるだろうし、着替えてくるよ。ちょっと待っててくれ」

一度東雲を置いて着替えに行く。

自分の部屋へと入り……扉にもたれかかって、ずるずると座り込んだ。

「……やばいな、色々と」

自分にしか見せない一面。自分にだけ甘えてくれる。それも、普段は気高く綺麗な彼女が。

不謹慎だと分かっている。それでも——彼女の新たな一面を知ることが出来て嬉しくて。

この熱は、冷めるまでに少し時間が掛かりそうだった。

「それでは、海以君のご褒美に行きましょうか」

戻ってきて早々東雲にそう言われ、少し悩みながらも隣へ座る。そのまま正直に、脳内にある言葉を口にした。

「ご褒美、か。考えてはみたんだが、良いのが思いつかなくてな」

「なんでも良いですよ。私も無茶なお願いをしましたし」

「無茶ではない。……言っておくが。もし東雲が望むなら、何度だってするぞ」

「良いんですか⁉」

食い気味に反応する東雲。頬が緩みそうになりながらも、表情を崩さないよう頑張りながら頷いた。

「そもそも、息抜きは一度だけじゃなくて定期的にするものだ。俺なんかで良かったら、いつでも手も胸も貸せるよ」

「……！　ありがとう、ございます。では、定期的にお願いします」

　それでは、と。東雲がじっと考え込んだ。

「そうなると、私も定期的に出来るものにしなければいけませんね」

「そこまで気にしなくていい。とりあえず、ご褒美に関してはまだ思いつかないから……考えておく」

「分かりました。では……そうですね。夕ご飯の準備、しておいても良いでしょうか？」

「ああ、分かった。何か手伝うこととかないか？」

「だいじょ――いえ。では、作っている間、話し相手になって頂けますか？」

「それくらいなら別に構わないが」

　そういえば、キッチンの案内もしていない。勝手も違うだろうし、説明しないといけないな。

　そう思って二人でキッチンへと向かう。

　――説明をしている時、事件は起こった。

　エプロンを身につけようとした東雲の動きが固まる。不思議そうに彼女はエプロンを見て、次に調味料とか諸々を確認して……俺を見た。

「……海以君。自炊はしないんですか？」

　ぎくりと、背筋が自然と伸びてしまった。

「あー、いや、その。……はい。しません」

「ご飯はどうしてるんですか？」

思わず目を逸らしてしまった。痛い。頬に突き刺さる視線が痛い。これは言い逃れが出来ないやつだ。

「……が、外食とかコンビニ弁当です」

「一つ、聞いてもよろしいでしょうか」

あ、怒られてる。怒ってるオーラがほんのり漂ってきている。

「私はあまり外食やコンビニのお弁当を買わないので、事情は詳しく知らないのですが。海以君は栄養バランスを考えて食べていましたか？」

「……好きなものばかり食べてました、はい」

「なるほど」

東雲がじっと、顎に手を当てて何かを考え込んでいた。

「海以君、ちなみにお昼はどうされているんですか？」

「購買で買った惣菜パンです」

「……なるほど」

東雲がはあ、と小さく息を吐いた。

「高校生から一人暮らし、なんですよね？」

「はい」

「それならば、料理に手が回らなくなることもあるでしょう。私には一人暮らしの大変さは分かりませんし。とやかくは言えません」

その言葉にホッと息を吐いた。それも束の間のことである。

「ですが、それはそれです。食事は生命の源なんですよ。いつか海以君が体を壊してしまう可能性もあるんです」

「……はい」

「なので、一つ提案があります。……その前に準備だけしちゃいますね」

東雲が着けかけのエプロンを縛り直し、ポケットからヘアゴムを取り出した。

ヘアゴムを咥え、手慣れた手つきで髪を一つに結わえる。漫画とかではよく見るシチュエーションだが、実際に見ると破壊力が凄いな……と思うも、彼女の視線がこちらに向いたので改めて背筋を伸ばした。

「毎週土曜日のお昼と夜、そして平日のお弁当は私が作ります。それが『ご褒美』ではダメでしょうか」

「はい⁉」

予想外の言葉に驚き、声が大きくなってしまった。

「い、いやいやいや。悪いから」

「ダメだと言われてもやります。『ご褒美』とは別枠でも構いません」

さすがに悪いから、と言っても彼女は頑として首を振らなかった。なぜだと頭に疑問が生まれるも、東雲がすぐに説明をしてくれた。

「そもそも私は料理が好きです」

「は、はい」

「ついでに言うと、お弁当は一人前も二人前もそこまで変わりません。といいますか、二人前を作る方が楽です。一人前だと余ってしまうことがしばしばありますから」

「そう、なのか？」

「はい、そうなんです」

東雲の言葉に思わず黙り込んでしまった。

彼女にはかなりお世話になっている。ただでさえ返しきれない恩があるというのに、これ以上積み上げて良いものなのか、と。

「では、私の料理を食べてみてから考えるというのはどうでしょう？」

悩んでいる俺を見かねてか、東雲がそう言ってくれる。

「絶対に『また食べたい』と言ってもらえる自信がありますからね」

そう言って——東雲は珍しく不敵に笑ったのだった。

「おお……」

机の上に並んだ光景に思わずそう呟いてしまった。

いつぶりだろうか。食卓にカレーが並ぶのは。

「おおげさですよ。ただのカレーで」

「いや、そもそも家でカレーを作るなんて考えも起きなかったからな」

「それはそうかもしれませんね。一人暮らしなら何日もカレーが続くことになってしまうでしょうし」

一応ここに来て数日は料理を作ってみたりはしていた。それも簡単なものだけで、カレーを作ることはなかった。

「それでは冷めないうちにいただきましょうか」

「ああ」

二人で机の前に座る。そして同時に手を合わせる。

「いただきます」

「はい、どうぞ。私もいただきます」

お腹も空く時間であり、漂ってくるスパイスの香りにごくりと生唾を飲み込んでしまう。

まずはお米と少量のルーを掬う。熱々のご飯からは白い湯気が立ち込めていたので、息で冷ましてから口の中へと運んだ。

「……！」

ピリッと舌を焼くような痛さと熱さ。それをお米がマイルドにしてくれて。肉や野菜から染み出した旨みが味蕾を刺激した。

「……美味しい。めちゃくちゃ」

「ふふ、良かったです。お口に合ったようで」

東雲は食べるのを見守ってくれていたらしい。俺の言葉を聞いて、彼女はホッとしたように笑った。

そのまま俺は二口目三口目と食べ進める。

肉は牛肉を使っており、噛むとほろほろと崩れていく。じゃがいももほくほくで熱く、少し舌を火傷しそうになってしまった。

「まだまだたくさんありますから、ゆっくり食べてくださいね」

そんな俺に東雲は暖かい眼差しを向けながらそう言ってくれて、自身もふーふーと息で冷ましながら食べていた。

「凄い、めちゃくちゃ美味しいぞ。東雲」

「ふふ。ありがとうございます」

「お礼を言うのは俺の方だ。ありがとな」

久しぶりにこんな——温かみのある食事をしたような気がする。食べれば食べるほど胃が、そして心が満たされていく。

「美味しい。本当に」

「何度も言わずとも、表情で分かりますよ」

改めて告げると、暖かく微笑み返される。そこまで表情に出ていたかと自分の頬に触れるも、よく分からない。

「海以君もそんなことするんですね」

うっかりしていたせいで東雲に笑われてしまう。馬鹿にするような笑い方ではないものの、少し恥ずかしくなってしまった。

その後食事を続けている間も、東雲はどこか楽しそうにじーっと俺のことを見つめてくる。

「ちなみに私は色んな料理が作れます。特に魚料理や和食が得意ですが、他の料理も得意です。リクエストがあればなんでも作りますよ」

口の中に入っていたカレーを飲み込む。東雲が得意げに胸を反らし、唇の端を持ち上げた。

「どうでしょう？　海以君のお弁当、作らせては頂けないでしょうか？」

その言葉に……俺はもう、首を横に振ることなんて出来なかった。

「……よろしくお願いします」

「はい、任されました」

とん、とその胸を拳で軽く叩いて。彼女はとても満足そうに微笑むのだった。

月曜日。テストが終わり、少しだけ気の緩んだ時間が訪れる。

訪れたはずなのだが、俺はとても忙しかった。

「お疲れさん。朝から大変そうだったな。コーラ買ってきたからやるよ」

「ああ、ありがとう。朝はありがとな」

先週、学校に東雲……【氷姫】が来て。その上俺と相合傘をしたものだから、色んな生徒にめちゃくちゃ質問責めをされたのである。

ちなみに瑛二は傍観していた……ということもなく、程々のタイミングで助けてくれた。波風を立てないように出来るあたり、さすがの気遣いである。

「んじゃ、今日は場所変えるか。飯食えねえし」

「そうだな」

瑛二の言葉に頷き、俺はカバンを肩に掛けたのだった。

屋上へと繋がる階段の踊り場。普段は告白スポットとして使われているが、瑛二曰く今日は誰も使う予定がないとのこと。誰にも聞かせたくない話をするのにぴったりなのでここに来た訳だ。

告白スポットのベンチに男二人で座る、というのもあれだが。気にしない方が良いだろう。

「あ、購買行くの忘れてたな。一緒に行くか」

「……今日は弁当なんだ」

「んぁ？　弁当？　蒼太が？　え？　コンビニ弁当……じゃねえ⁉」

どうするかなと悩みながらも膝の上に弁当を置く。瑛二が目を点にし、断続的に疑問の声を漏らした。それもそうだ。瑛二は俺が料理をしないということを知っているのだから。なんなら、『作るのが面倒だったら家に飯食いに来いよ』と誘ってくれたりもするくらいだ。

「おいおいおいおい。まさかなのか。そのまさかなのか」

「何を想像しているのか想像はつくが。……概ね合ってると思うぞ」

「まじかよ」

これは言い訳も出来ない。東雲のことも知られているし、正直に話すしかないだろう。話して良いと許可も出されているし。

「あー、この前バレたんだよ。俺が料理してないの」

「へえ？　バレた？　どんな感じでバレたんだ？」

顔がニヤリと笑う。何かを察してそうな笑い方である。

「……さてな」

「大方油とかその辺が使われてないのがバレたんだろ」

「お前は超能力者か」

そこまで具体的に当てられると恐ろしい。……正確に言えば、もう一つ理由があったりもするけど。これを言う訳にはいかない。

東雲は俺のキッチンにあるエプロンを使った……使ったんだが。

『海以君の匂いが全然しないんですよ』

彼女の言葉が頭の中を反響した。折角忘れられそうだったというのに思い出してしまった。

「へえ？　他にも理由はある感じか」

「気軽に思考を読んでくるな」

カッカッと瑛二が高らかに笑う。分かりやすいんだよと告げてくる瑛二に俺は何も返せず、お弁当を開けた。

「おお、すげえ凝ってんな」

「そうだな。……まさかここまでとは思っていなかったが」

ご飯には軽くごま塩が掛けられていて、牛肉とごぼうのしぐれ煮や白身魚のフライ、かぼちゃ煮に卵焼きとかなり色鮮やかであった。

「すげえなほんと」

「やらんぞ」

「別に物欲しそうには見てねえわ。……あの顔見てなかったら今でも信じられてねえな」

「普段とギャップが凄いのは認める」

四月の自分に今の東雲のことを言っても信じられないだろう。あの【氷姫】に弁当を作って貰うどころか……彼女の頭を撫でることになるなど。しかも定期的に。

彼女のご褒美の件も、絶対瑛二には言わない。からかわれるのが目に見えているからだ。

と、そこまで話して二人で手を合わせる。瑛二も見た目こそ軽薄に見られがちだが、こういうところはしっかりしているのだ。

「美味しいな」

しぐれ煮は甘辛くてとてもご飯と合う。白身魚も身が引き締まっていて、下味もしっかり付けられていて美味しい。

「なんかすげえ美味そうに食べるな。いつももっと淡泊じゃなかったか？」

「そ、そうか？」

ついどんどん食べ進めてしまい、瑛二の言葉に箸の速度を緩めた。

「いや、別に良いと思うけどな。そんくらい美味そうに食べれば作った本人も満足するだろうよ」

「……そうだな」

別に瑛二の前で取り繕う必要もないしなと大人しくまた食べ進めるも、ニヤニヤとした視線をずっと向けられていた。

「んじゃ、そろそろ話して貰おうか。いつの間にあの【氷姫】と仲良くなったんだよ」

そう聞かれるだろうと予想はしていた。東雲にも話しており、どこまで話すかも決めていた。

「東雲を助ける機会があってな。それから勉強を教えて貰う仲になった」

「嘘つけ。勉強どころか雨が降ったら学校まで迎えに来てくれるし、弁当まで作って貰う仲……もう恋人じゃねえか。つか恋人以上だろ。俺でも霧香に弁当作って貰ってねえぞ」

「こ、恋人じゃない。あれだ。東雲も……友人が少ないから、その分大切にしてくれてるってだけだろう」

「それにしちゃ……まあ、お前がそう言うなら良いんだけどよ」

言いたいことを呑み込む瑛二。情けを掛けて貰えたようだ。それで俺は油断をしてしまった。

「んで？ 好きなのか？」

「んぐっ」

「悪い悪い。タイミングミスってたな」

変な所に米粒が入って噎せてしまう。瑛二もそこまでは狙っていなかったのか、背中をバシバシと叩いてくれた。

「お、お前な」

「悪いな。でも俺ってあんま遠回しに聞くの好きなタイプじゃないだろ?」

「……それはそうだが」

ふう、と息を吐いてお茶を飲む。弁当をじっと見つめた。

「分からない、というか。はっきりとは言えないっていうのが正直なところだ」

自分で言いながら自嘲が漏れてしまう。

「誰かを好きになったことがないから。女友達、というのも初めてだからな」

「霧香が居るだろ」

「西沢は女友達であるが、瑛二の恋人でもある。友愛以外の感情を向けないという前提があるだろ。でも、東雲に向けている感情はそれとは明らかに違う感情で……だけど、それが『好き』なのかどうかはまだ分かってない」

そもそも、本当に『好き』になってしまったとしても。俺は隠し続けなければいけない。

……俺が今彼女の隣に居られるのは、信頼があってこそなのだ。絶対に下心を抱いてはいけない。

「ふーん、そっか。まあいいんじゃね？」

面白い答えは返せていない。しかし、瑛二の言葉は淡泊とも呼べないものであった。

「時間はあるしな。ゆっくり確かめていけば良いと思うぞ」

「……そうだな」

「あ、でもこれだけは言わせてくれ」

話は終わりなのかと思ったが、瑛二は何かを思い出したように俺を見てくる。真面目な表情だったので、俺も一度箸を置いた。

「十年後。【氷姫】、東雲凪の隣に居る男は誰であって欲しい？」

「――それは」

「別に答えなくて良い。お前ん中で考えて、答えが出ればそれで良い」

開き掛けた口を閉じる。そのまま考えた。

十年後、か。

想像をしてみる。

大人になった東雲の隣。もし――自分以外の誰かが居たとして。

それが、その可能性の方が高いことは知っていた。

東雲は容姿端麗で、努力家で――とても魅力的な女性だ。

きっと、同じような人物が隣に居るのだろう。

けれど。

それを想像するだけで、心に刃物が突き刺さったかのような錯覚を覚える。同時に、心の少なくない部分をとある感情が占めていた。いや、それは……ダメだ。ダメだろう。

——それが俺であって欲しい、なんて。思ってはいけない。

「連絡先、交換しないか」

帰りの電車。東雲といつもの場所に来て早々、彼女へそう告げた。

「良いん、でしょうか？」

「俺から聞いてるんだが。……あー、その。ほら、連絡先知ってたら何かと便利だし」

「お、お暇な時は話し相手になっていただけたりも……？」

「もちろん。俺も暇な時が多いし……話せると嬉しい」

「それならば是非！　お願いします！」

東雲がカバンからスマートフォンを取り出して俺へと向けてくる。その勢いに押されつつも、お互い慣れない操作で連絡先を交換した。

「で、出来ました！」

東雲がスマートフォンを眺めて笑みを漏らしている。

「実は、私の方からも言おうと思ってたんです。連絡先を交換したいと」

「そうだったのか」

「はい。ですので、凄く嬉しいです」

大切そうにスマートフォンを胸に抱える東雲。それを見ていると、言って良かったなと心の底から思う。

「あ、念のために何か送ってみますね」

やりとりがちゃんと出来るかの確認だろう。その言葉から程なくしてスタンプが送られてきた。品の良さそうな黒猫がぺこりとお辞儀をしているスタンプだ。

「ああ、ちゃんと送られてきてるぞ」

そのお返しに真っ白な犬のスタンプを送ると、東雲の目がキランと輝いた。

「海以君、わんちゃんがお好きなんですか？」

……わんちゃん？

「す、好き、だが」

「私も大好きなんです！　わんちゃんもねこちゃんも！」

その言葉に静かに俺は目を閉じた。一瞬だけ。

――わんちゃんとねこちゃん呼び、ギャップが凄い。

「いつか、猫カフェみたいに動物さん達と触れあえる所に行ってみたいですね」

「そう、だな。行こう、いつか」

『動物さん』という呼び方にまた胸を焼かれながら。俺はどうにか頷いたのだった。

その日の夜、東雲から連絡が来た。

『少々お時間をいただいてもよろしいでしょうか？』

どうしたのだろうか。そう思いながらスマートフォンを手に取る。

『ああ、良いぞ』

『出来ればお電話をしたいのですが、大丈夫でしょうか？』

『問題ないよ』

そういえば、暇な時は電話がしたいと帰りに言っていたな。

そのことを思い出しながらそう送った数秒後、電話が掛かってきた。

『もしもし、海以君。こんばんは』

「ああ、東雲。こんばんは。どうかしたのか？」

何の用事だろうと思って聞くも、そこで返事が途絶える。電波が悪いかと思い始めた頃、やっと言葉が返ってきた。

『……海以君の声が聞きたくて。ダメ、だったでしょうか』

天井を見上げ、静かに目を閉じた。

――なんだ、そのかわいらしい理由は。

「だ、ダメとかはないが。俺も暇してたところだし」

『良かった……』

その声は意図せず漏れたもののようだ。初めて聞いた、彼女の丁寧語以外の言葉。胸にぐっと押し寄せてくる感情があった。

どうにかそれに耐えていると、彼女のくすりと笑う声が耳に届く。

『ちゃんと、海以君の声です。そこに海以君が居るんですね』

「ああ、居るよ。俺は」

家族以外で電話をするのは、瑛二以外だと初めてだ。電話越しに東雲が居る、ということが少しだけくすぐったかった。

『実はですね。私は九時にはもう寝るんです』

「かなり早いな」

俺なんて、寝るのはいつも日をまたぐかどうかという時間だ。高校生でそれが早いのか遅いのかは分からないが。

東雲はは い、と少し弾んだ声を返してきた。

『朝は五時起きですからね。お弁当を作ったり、日本舞踊の舞を一つ踊るのが日課となっているんです』

「……本当に凄いな」

朝から舞を、というのもそうだが。一つ気になることがあった。

「お弁当、無理はしないでくれ」

『あ、いえいえ！　別に負担とかではありません！　以前も言いましたが、一人前も二人前もさほど変わりませんから』

気を使っている……という風には聞こえない。それより、と彼女は区切って。弾んだ声がスマートフォン越しに響いてきた。

『欲しい言葉があるんですが』

一度目を瞑る。変に取り繕う必要はないと自分に言い聞かせ、再度目を開けた。

「今日のお弁当、とても美味しかった。出来ることなら毎日食べたいと思う」

『はい、任せてください。明日もとびっきり美味しいお弁当を作りますから、楽しみにしていてくださいね』

「ああ。楽しみにしてる」

そこで話は終わる——と思っていたのだが。

『そういえば海以君。テストの結果はいつ頃出るんですか？』

「ん？　そうだな。来週に大体は返ってくるとは思うが。席次が再来週頃に出るはずだぞ」

『私達も似たような感じですね。それなら、再来週の土曜日に結果発表をしましょうか。空いてますか？』

「ああ、空いてる。じゃあその日にだな」

『はい！　美味しい料理、たくさん作りますからね！』

今回のテスト結果はかなり良くなっているだろう。東雲も英語の点数が良くなっていると良いな。俺が教えたことなんてかなり少ないが。

『そうでした。海以君が好きなご飯……食材でも良いので教えてください。今後の参考にしますので』

「ん？　そうだな。色々あるが……」

東雲に聞かれた質問に答えていく。俺はあまり苦手な食べ物はないが、好きな食べ物は多いのだ。しばらく話していると、少しずつ東雲の反応が鈍くなっていった。

『そう、ですね。私もあまり嫌いな食べ物は……』

欠伸を噛み殺し、その言葉の一音一音が重くなっている。時計を確認し、彼女の言葉が終わるのを待って告げる。

「もう九時過ぎてたな、悪い。そろそろ寝るんだろ？」

『……いえ。まだ眠くなんて……ふぁぁ』

ついに我慢が出来なくなってしまったのか、小さな欠伸の音が漏れてしまっていた。

『まだ、海以君と……喋っていたいです』

その言葉を聞きながら呼吸を止める。

目の前に東雲が居なくて良かったと心の底から思う。

絶対に今、俺は人に見せられない顔をしている。数秒だけ消音にし、深呼吸を挟んだ。心音も顔に上る熱も変わることはないが、呼吸だけはどうにか整えた。

「明日もあるだろ？」

『明日も電話して……良いんですか？』

「良いよ。どうせこの時間は暇だし」

そこで少しだけ反撃したくなってしまった。俺だけこうなってしまうのは……ずるいと思ったから。

「俺だって東雲と話したいからな」

『ふふ。じゃあお揃いですね』

しかし、カウンターをカウンターで返されてしまうこととなる。……勝てない。

いや、俺は何を言ってるんだ。……瑛二が話したことが気になってるのかもしれない。

そこで無理矢理意識を切り替える。いつまでも眠そうな彼女を引き留めてはいけないから。

「それじゃあまた明日。おやすみ、東雲（しののめ）」

『……おやすみなさい、海以君（みのりくん）』

規則正しい寝息が聞こえてきたのはすぐのことであった。その寝息すらもがどこか透き通っているように感じる。

音を立てないよう静かに電話を切って、俺はベッドに倒れ込んだ。

「はぁ」

胸中に渦巻く感情を全て一度で吐き出そうとする。しかし、そう上手（うま）くはいかない。未（いま）だに心の中からは様々な感情があふれ出していた。

ガラでも無いが、もし抱き枕があれば強く抱きしめていただろう。

「かわいすぎる、だろ」

思わず言葉にしてしまい、強く首を振ってその雑音を掻（か）き消した。

眠りにつくまで、もうしばらく時間がかかりそうだ。

学校に来て少し暇な時間が出来た。スマートフォンを取り出し、連絡先の中から彼を探す。

一番上にその名前があった。

『海以君は学校での隙間時間って何をしていらっしゃるんでしょうか？』

『最近だと勉強をしたり、それか瑛二が話しかけにくる。瑛二は誰かと話すのが好きだからな』

『そちらも楽しそうですね。私はよく本を読んでいます』

海以君に連絡を取ってみると、すぐに返信が来た。やりとりをしていると、一緒に居るみたいで楽しくなってしまう。

その時、目の前に人の気配を感じた。

視線を上げると、ふわりと金の尾を背に揺らした少女が目の前に立っていた。

「おはよ、東雲ちゃん」

「お、おはようございます。羽山さん」

即座に海以君に羽山さんが来たことを伝え、スマートフォンを置いた。

「あ、ごめんね。邪魔するつもりはなかったんだけど」

「いえ、問題ありませんよ」

至って平静を装ったつもりだったけど、やりとりをしていた相手はバレていたらしい。

「良かったじゃん。連絡先交換出来たんだ。東雲ちゃんから言ったの？」

「その節はありがとうございました。ですが、私からではなく彼からですね」

「まじ？　へえ、男見せてくれたんだ。良かったね」

羽山さんの暖かな言葉に嬉しくなって、私は頷いた。

「ほっぺ、ゆるゆるになってるよ」

「……！　あ、ありがとうございます」

「私的にはそっちのが好きだけどね。でも東雲ちゃん的には教えといた方が良いかなって」

「そう、ですね」

危ない。つい彼と話していると『素』の自分を曝け出してしまう。気をつけなければいけない。

「その様子だとこの前のやつも上手くいったっぽいね」

「そういえば、まだ報告していませんでしたね。お陰様で上手くいきました」

金曜日――海以君の学校まで行った時のことは、羽山さんと相談して決めたことだった。

近いうち、チャンスがあれば海以君の高校に向かう。不謹慎なことではあるけど、彼が傘を忘れた時はかなりのチャンスだったのだ。

「あ、その辺の話もしたいけどちょい待って。先に連絡先交換しよ」

「そうですね。その節はごめんなさい」

「いーよ、別に。確かに連絡先交換断られるのは初めてでびっくりしたけどさ。理由も分かってるし」

以前羽山さんから連絡先を交換しようと言われて、私は断っていた。理由は私の単なるわがままだ。

私の初めてのお友達であり――私が初めて好意を抱いた男性。

初めて連絡先を交換するのなら、海以君とが良かったから。その理由を伝えた時、羽山さんに怒られるかなと思っていたけど、彼女は笑って『良いよ、分かった』と言ってくれた。

手慣れた様子の羽山さんと連絡先を交換し、新しく増えたお友達にほんの少しだけ頬が緩んだ。

「おっけ。これでやっと友達になれるね？」

「はい。お待たせして申し訳ありません」

「良いよ、別に気にしないで」

羽山さんと仲良くしたいと言った時――初めてのお友達は、海以君が良いと言っていた。この時も怒られることを覚悟していたけど、そんなことはなく、羽山さんは私が彼とお友達になるために色々と相談に乗ってくれた。

長かったけど――これで、やっと羽山さんともお友達だ。

「羽山さんも、もし何か聞きたいことや相談したいことがあれば是非連絡してください」

「ん、そーするよ。あと暇な時とかも連絡するね。これでいつでも遊びに行けるし」

「是非誘ってください。喜んで行きますので」

――と、そこで羽山さんがスマートフォンを使って何かを打ち込んだ。同時に私のスマートフォンがぶるぶると震える。

羽山さんの視線が私のスマートフォンを見て、次に私に移った。どうやら『見て』と告げているようで、内緒の話なのだと私はスマートフォンを手に取った。

『あの日、東雲ちゃんが彼と相合傘してたの結構話題になってるけどどーする？』

ああ、なるほど。だから今日は普段より視線が多かったんだ、と一人で納得した。

『私としては広めるのがおすすめかな。東雲ちゃんへの告白とかも減ると思うし』

続いてその文章が連投され、私は小さく頷いた。

「ちなみになんだけどさ。先週の金曜東雲ちゃんが他校の男子生徒と相合傘してたって目撃情報があったんだけど。ほんと？」

羽山さんが言うと同時に教室がざわめいた。様々な声が飛び交う。

「おいおい、まじで聞いたぞ」

「嘘だ……嘘だと言ってくれ」

「本当なのかな。男の子と相合傘したって」

「いやいや、ないでしょ。あの【氷姫】だよ？　見間違いに決まってるって」

私のことなど何も知らないくせに、という言葉を呑み込んだ。

——この中の何人があの時、あの場に居たら私のことを助けたのだろうか。それも、下心もなしに。……羽山さんなら助けてくれたのかもしれないけど、と考えながら私は頷いた。

「はい、本当ですよ」

教室のざわめきがより一層大きくなる。羽山さんはじっと私を見つめていた。

「へえ。なんでまた相合傘することになった訳？」

今度はうるさくなっていた教室がシンと静まりかえった。私の言葉を待つように。

「彼が傘を忘れたらしいので、迎えに行ったんですよ」

「ふうん？　そんだけ大事な人なんだ」

わざとらしく聞いてくる羽山さんに思わず笑みが零れた。

大事な人。

「そうですね、大事な人です。風邪を引いて欲しくないと思う程度には」

「や、それでもわざわざ他校に迎えに行く人って中々居ないけどね。でもまあ、それだけ大事ってことか」

『大事』という言葉を強調する羽山さん。それに大きく頷いて見せる。また教室はざわめく声で満たされ、数分後に先生が注意をする騒ぎとなった。

羽山さんの目論見通り、それから私に邪な視線を向けてくる人や、告白をしようとしてくる人は大きく減ったのだった。

◆◇◆

土曜日になった。来週末が席次の発表だ。

彼の家でご飯を作って、ご褒美を貰って……そして、帰り道。わざわざ私が降りる駅まで海以君が送ってくれた。

「ここまで送ってくださり本当にありがとうございます」

「どういたしまして。でも気にしなくて良いからな。最初の約束の範疇だ」

その優しい言葉に頷きつつも、彼への感謝は絶対に忘れないようにしようと心に決める。

「それではまた月曜日に」

「ああ、月曜日にな。送るのは本当にここまでで大丈夫か？」

「大丈夫ですよ。運転手さんが迎えに来てくれているので」

その気持ちだけありがたく受け取っておく。本当はお家まで一緒に来て貰いたいところだけど、そこまで無理させる訳にもいかない。

それに――まだ、お父様に会うには早いと思う。

「今日も眠る前にいっぱいお話ししましょうね。海以君」

「あ、ああ。お手柔らかにな」

また夜が楽しみになった。彼が電車に乗るのを見送り、改札へと足を進めた。

駅から出てすぐに車は見つかった。黒く高そうな車。実際に高級車だ。

しかし、その運転席を見て背筋に緊張が走った。

すっと、全身を火照らせていた熱が引いていく。ううん、体だけではない。

ほう、と最後の熱を出し切った。……これで大丈夫。

後部座席に乗り込みつつ、鏡越しにその瞳と目が合う。

黒く、光すらも吸い込んでいきそうな瞳。

「遅くなってしまい申し訳ありません、お父様」

——運転席にはお父様が座っていた。なぜ、という言葉は口にしない。

「いや、良い。驚いただろう」

「……はい、少しだけ」

口の中が渇き、それを悟られないように小さく拳を握る。

「たまにはこうした時間も必要だと思ってな。無理を言って代わって貰ったんだ」

「そうですね。嬉しいです」

つい淡泊な言い方になってしまったが、本心だ。

お父様とお母様にはとても大きな恩がある。それを抜きにしても、お二人はとても尊敬出来る人だ。

シートベルトの装着を確認して、お父様は車を出した。

「最近、友達と遊ぶことが増えたらしいな」

「申し訳ありません」

「別に怒ってなどいない。良いことだ」

私はお父様に、そしてお母様に愛されている。血の繋がりなんて気にせず、昔から愛情を注いで育ててくれた。

だからこそ、恩を返さないといけない。

「明日からは習い事に集中します」

「無理はするんじゃない。凪はまだ若いんだ。好きな時に好きなことをすると良い」

「問題ありません。日本舞踊はもちろん、茶道も華道も好きでやっていることですから」

「それなら良いのだが……」

そこで一度会話が途切れた。須坂さんから聞いているだろうけど、改めて言うべきだろうと渇いた口を開く。

「ただ、土曜日は今日のように遅くなるかもしれません」

「友人の家に行っているんだったか」

「はい」

どくん、どくんと心臓の音が大きくなり始める。

——ダメだと言われたら、私はそれに従うしかない。体を硬くし、身構えた。

「もちろん良いとも」

優しげな言葉が返ってきて、一気に全身から力が抜けた。

「私は嬉しいんだ。やっと凪に友人が出来たんだからな」

「……ご心配をお掛けしました」

「構わない。家族なら当然のことだ」

一瞬の間が空く。お父様が何かを考えた後、言葉を続けた。

「もし友人の予定と習い事が被ってしまったら、凪のやりたい方を優先させなさい。凪はまだ若いんだから、悔いの無い人生を送ってくれ」

「心に刻みます」

「別にそこまではしなくて良い」

——悔いの無い人生。

お父様の人生について昔、聞いたことがあった。だからこそ思ってしまう。

私は悔いの無い人生を送れるのだろうか。どう転んでも、後悔するんじゃないか。

今考えたところでどうしようも無いことは分かっている。それでも——お父様の言葉はずっと、心に染み込んでいた。

◆◇◆

席次報告の前日、東雲は友人と服を買いに行くとのことで帰りが遅くなった。俺は先に帰っても良いと言われていたのだが、瑛二も暇らしかったので二人で時間を潰した。

東雲から連絡があったので迎えに行く時間となった……のだが。

「今日は一段と人が多いな」

そう独り言を呟いてしまうくらい人が多かったのである。

服を買った帰りの電車。平日で普段は学生が多いが、日も沈んでいてサラリーマンが多いように見えた。

満員電車とまでは言わないが、身動きするには不便という程度。

目的の駅に着くと、幸い東雲は一番前の方に居た。

「東雲、ちょっと人が多いから移動急ぐぞ。荷物貸してくれ」

「あ、ありがとうございます」

彼女の手から服がたくさん入ったバッグを受け取り、乗ったことを確認してからいつもの場所へと向かった。

「悪い、少し体勢変えるぞ」

「あ、はい。分かりました」

車両を繋ぐ扉の隣で東雲が壁に背を預け、向かい合わせる形となる。普段は教科書を見るとかで横並びになるのだが。近くに男の人が多く、こうでもしないと彼女が男性と触れてしまうからである。

以前よりは良くなったらしいが、まだ近くに男性が来るとそわそわするし……少しだけ怯えた表情を見せる。今もその瞳には緊張が滲み出ていた。いや、男性というか俺のせいかもしれない。

「悪い、東雲」

「いいえ、大丈夫です。海以君は怖くない……特別な方ですので、本当に気にしないでください。それよりありがとうございます」

「そ、そう言って貰えると助かる。どういたしまして」

──特別な方。

その言葉は別に変な意味じゃない。そのはずだ。俺が──そうであって欲しいと思い込んでいるだけだ。

そう自分に言い聞かせ、呼吸と心臓を整えてから前を見る。

すぐ目の前に東雲の顔があった。

真っ白な肌と海底のように蒼い瞳がとても眩しい。その髪は肌よりも白く、絹のように指をくすぐってくる手触りである。ふんわりとした甘い匂いが脳を刺激してきた。

平常心を保て、俺。

背中から感じる圧力に耐えながら、何か話そうと口を開こうとした——次の瞬間。

「うおっ」

「きゃっ」

ガタッと電車が大きく揺れた。

そして背中に強くドンと衝撃が走り、俺は前のめりになって——

どうにか、壁に腕をついて耐えた。しかし壁に勢いよく当たってしまい、ビリッとした痛みに顔を顰（しか）めてしまう。

「だ、大丈夫ですか⁉」

「あ、ああ。だい、じょうぶだ」

どうにか表情を戻してそう言うも、東雲（しののめ）には見抜かれていたらしい。彼女は少しだけ怒った顔をした。

「……それにしては、随分と痛そうに見えます」

じっと俺の腕を見て……改めて俺の目を見た。その顔は少し——少しだけ赤くなっていて。

「海以（みのり）君」

彼女は意を決したように口を開いた。

「腕、どけてください」

その言葉に俺は思わず戸惑ってしまう。

「い、いや。でも、こうしないと——」

「構いません。……私に体重、預けてください。海以君が痛い思いをする方がずっと嫌です」

まっすぐにそう告げてきた。迷ってしまう。本当に良いのかどうか。

「早くしてください。脇腹をつんつんしちゃいますよ」

少しふざけたように言う東雲。空気が抜けるような笑い方をしてしまった。

「じゃあ、どけるぞ」

「はい。どんとこいです」

そのまま、少し痛む腕をどけ——

ガタンッ

電車がまた揺れた。同時に俺は背中を強く押された。

「——あ」

東雲の顔がすぐ目の前に迫った。

視界全体にその瞳が映り、その鼻に鼻が触れる。

……互いの吐息がかかる程、顔が近づいてきた。

そのまま——

俺はギリギリで、どうにか顔をずらすことが出来た。

俺の唇に一瞬柔らかい物が触れ……反対に。俺の頰に柔らかい物が触れたような気がした。

――どうにか東雲（しののめ）の顔の隣へと顔を置く。

全身が密着する。甘い匂いが鼻を突き抜けて脳を揺さぶり、正常な思考が出来なくなる。

……彼女の主張の強いそれが、俺の胸で押し潰されていた。

「……」

謝らないといけないのに、口を開いても言葉が出てこない。口の中まで甘くなったような錯覚を起こして、破裂しそうな程に心臓が高鳴る。

東雲（しののめ）にもバレているだろう。そのはずだ。

しかし、その時俺は一つ違和感を覚えた。

自分の鼓動が二重に聞こえたのだ。遅れて俺はその意味に気づく。

東雲（しののめ）も激しく心臓の鼓動を打っていたのだ。

トクトクと。早く大きく鳴る心臓がダイレクトに伝わってくる。

これは、まずい。そう思って下ろした腕を上げ、壁に手をつこうとするも――

「し、東雲（しののめ）？」

「……だめ、です。無理はよく、ありませんから――」

東雲（しののめ）の腕が。俺の背中に回された。

「う、動けないようにしちゃいます」

そんな声がぼそりと耳に届く。ゾワゾワとした快楽が背筋を蝕み、全身が暖かいものに包まれた。

「こ、これは、さすがに……」

「で、ですが。こうでもしないと、海以君が無理をしちゃいますから。……それと」

東雲の柔らかな鈴を転がすような声が。まるで鼓膜が溶けたような錯覚が。俺の心を、脳を揺さぶってくる。

「わ、私、嫌じゃ……いえ。海以君と触れ合うのはす、好きですから」

東雲に顔を見られない位置で良かったと、心の底から思った。

腕の力を抜いて、そっと背中へ回す。東雲はピクリとした後にクスリと笑った。

「私、自分で想像していた以上にあまえんぼなのかもしれません。すっごくドキドキしてるのに、少しだけ安心しちゃってます」

「……そうか」

「はい」

「俺もだ」

小さく呟くと、彼女の息を呑むような音が耳に届いた。続いて、小さく笑う声が耳に届く。

それから次の駅に着くまで、俺達はそうしていたのだった。

「……はぁ」

今日何度目のため息だろうか。ベッドに寝転がりながら悶々(もんもん)としていた。

理由は明白。帰りの電車での出来事があったからだ。

「あれは、反則だろ」

背中に触れられた手の暖かさが、その体温が……その柔らかさが、今でも鮮明に思い出せてしまう。

加えて、あの発言。

『わ、私、嫌じゃ……いえ。海以(みのり)君と触れ合うのはす、好きですから』

普段の優しいというか、少し気を使っている感じではなく、ちょっとだけ強引な行動。

「いやもう、どうなんだ」

頭の中がぐちゃぐちゃになりながら、どうにか俺は脳内の整理を始める。

勘違い、という可能性は当然ある。男女で友人との接し方が違うみたいな感じだ。

例えば、男子同士で頭を撫(な)でたり抱きついたりは……うん。居るには居るだろうが、少なくとも俺の周りには居なかった。瑛二(えいじ)もそういうことをするタイプじゃないし。

対して女子。一部の人達ではあるが。当たり前のようにハグとか手を繋ぐとかしている人も居た気がする。

東雲はどちらかというとそっち側だったのかもしれない。……いや。

「そういうタイプには見えないんだけどな」

どうしても脳裏には『特別な人』という言葉がチラついてしまう。

「はぁ……」

またため息が漏れてしまった。今日は眠れなそうだ。

その時スマートフォンの通知音が鳴った。相手は——

『あの。まだ起きていらっしゃいますか？』

東雲であった。

「うぅ……な、なんてことをしてしまったんでしょうか」

眠ろうとベッドに入ったのに全然眠れない。つい今日のことを思い出してしまった。

私はあまり服を持っていなかったから、放課後に羽山さんと服を買いに行ったのだ。そのせいで帰りが遅くなってしまって、電車は人の数が多くなってしまった。そして、ちょっとした事故が起きて――

海以君の顔が、あ、あんなに近くにあって。うぅ……。

爽やかで、安心出来る香りが胸いっぱいに広がって。それと、固く、力強く……優しく抱きしめてくれた手はまるで、ガラスの装飾にでも触れるようで。

「だ、だめですだめです。こ、これじゃ私、変態さんみたいです」

そんな子だって知られたら海以君に嫌われてしまう。ど、どうにかしないと。

「ですが……」

だめだ。

嬉しくて、口角が勝手に上がってしまう。手のひらで押さえても、また自然と緩んでいく。

「お顔、ちゃんと戻るんでしょうか」

ご飯を食べている時も大変だった。ずっと意識しなければ、自然と顔が崩れていきそうで。

初めて日本舞踊の公演会に参加した時ぐらい大変だったかもしれない。

そして、もう一つ問題点がある。

「全然眠れません」

そう。眠れないのだ。びっくりするぐらい。いつもならもう眠くなる時間なのに。

「どうしましょう」

色々考えようとしても……つい海以君のことを思い出してしまって眠れない。

「海以君、起きてる……でしょうか」

先程電話を切ってしまったけど、と思いながらスマートフォンへと手を伸ばす。

『あの。まだ起きていらっしゃいますか？』

気がつけばそう送ってしまっていて、すぐに既読が付いた。

『どうした？』

その言葉にホッとし、また頬が緩んでしまう。

『よく眠れなくて。海以君が良ければ、もう一度電話をかけてもよろしいでしょうか？』

『ああ、良いぞ。俺も眠れなかったところだ』

良かった。海以君と話せたらきっと、眠くなるはずだ。

だけど……海以君との電話は楽しくて。つい日が変わるまで話し込んでしまった。

こんなのは初めてで、少しだけドキドキしてしまった。

「お邪魔します、海以君」

「ああ、いらっしゃい。東雲」

律儀にぺこりとお辞儀をしてから部屋へと入る東雲。目が合うと、その唇は優しく緩んだ。

彼女と共に手を洗い、リビングへと向かう。

「……どうしましょうか。先に発表しちゃいましょうか？　それともお昼を先にしましょうか？」

「そうだな。発表にしないか？　その、昨日からずっとそわそわしててな」

「ふふ、同じです。私も昨日、眠るまで時間がかかっちゃいました」

今日は席次の発表会である。胸中には色々な気持ちが渦巻いていた。

——結果を早く言いたい。そして、知りたい。

リビングのソファに東雲が座って、彼女は隣に座るよう視線で促してくる。その通りに隣に座ると、甘く柔らかな匂いが鼻腔へと届いた。

それでも拳一つ分隣に座ったのだが、東雲が身を捩ってその差を埋めてくる。布越しに脚へと柔らかな感触が伝わってきた。

東雲はそれを気にしない様子でカバンを膝の上に置き、一枚のファイルを取り出した。サラリとした髪がその拍子に揺れ、肩をくすぐってくる。

どうにか俺も気にしないようにし、手を伸ばして机の上に置いていたファイルを取った。クリアファイルではあるが、紙は裏返してあるので見えない。

「ちょ、ちょっとだけ緊張しますね」

「……そうだな」

なんとなく緊張してしまう。クリアファイルを裏返せばすぐに結果が出る形で、彼女も同様だ。

距離が近いので向かい合う形ではないのだが……それでも彼女の白い手の甲がぴとりと当てられ、心臓の音がずっと耳に響いていた。

彼女は手が触れていることに気づいて……いるのだろう。胸の奥底で鎌首を擡げたものを抑え込むように、この前東雲が言ったことを思い出した。

——私、自分で想像していた以上にあまえんぼなのかもしれません。

そう。東雲はただあまえんぼなだけだ。こうして触れ合うのも単に好きなだけで——

「海以君？　どうしたんですか？」

目を瞑って考えていたせいで、東雲に名前を呼ばれて意識を取り戻すこととなる。

「いや、なんでも——」

目を開け、しかし代わりに口を閉じてしまう。

蒼い宝石越しに自分の顔が見えてしまったから。

彼女は俺の顔を覗き込むようにしていた。この至近距離で覗き込むとなると……それはもう、空気越しに彼女の体温が感じられるほどの距離となる。

「な、なんでもない」

ぐいっと無理やり顔ごと背けた。背けて尚、瞬きをする度に端整な顔立ちが瞼の裏へと浮かび上がる。

自分でもあからさますぎると思うが、仕方ない……心臓の音が聞かれてないだけ良しとしよう。

そう、思っていたのに。

ちょん、と胸に何かが触れた。

「し、東雲？」

「……ドクドクしてます」

目だけを動かして前を見ると、彼女は俺の胸に触れるか触れないかという位置——いや、確かにその指先が胸へと触れていた。

蒼い瞳と目が合って、彼女は少しずつ手のひらを近づけてきた。布と空気越しにその暖かさが伝わってきて——彼女の手のひらと俺の胸の間を隔てるものが布のみとなった。

「あの時といっしょです」

あの時、とはどの時のことをさすのだろうか。……思い当たる節が一つでは済まない。

「心臓の音……蒼太君の心臓の音、凄く落ち着きます」

「か、かなり速いと思うが」

「だからこそ、ですよ」

その言葉から意味が繋げられず、困惑してしまう。動揺で上手く頭も回らなかったこともあるのだろう。

彼女がくすりと笑い、胸に置いている手とは反対の手で体の前にあった髪を背中へ流す。

「同じなんです。蒼太(そうた)君」

――同じ。

その言葉の意味が分からないほど鈍感ではなかった。だからこそ、また心臓のギアが一段階上がってしまう。

「……」

東雲(しののめ)はドクドクと高鳴り続けている心臓を楽しそうに聞き続け――ハッとした表情になった。

「ご、ごめんなさい。か、勝手に触ってしまって」

ぱっと手が離される。その手から伝わってきていたはずの体温が少しずつ減っていって――

「……別に、良(い)いぞ」

そう返してしまった。顔がやけに熱い。

「い、良(い)いんですか？」

「ああ。で、でもとりあえず結果発表からしないか？」

このままだと今日の目的を忘れてしまいかねない。それは……悪くないのかもしれないが、彼女に空気が支配されそうである。

「分かりました。では後でお願いします」

その言葉にホッとしつつも、後半の言葉からは意識を逸らした。我慢出来るか、いや、しなければ。

「それでは……せーので見せましょう」

「ああ、分かった」

目を合わせ、頷きと共に息を合わせる。

「「せーの！」」

その紙に書かれた順位は——

一位／二百八十名中

一位／三百二十名中

——お互い、目を瞠る結果であった。

「……一位……一位！　海以君、一位です！」

「ああ。東雲も一位だったか！」

「凄いです！　凄いですよ！　海以君！」

東雲の頬が興奮したように上気し、手がぎゅっと握られる。それにドキッとしつつも、自分より喜んでくれることを嬉しく思う。

加えて、席次の下に書かれていた配点。英語の欄には【百点】と書かれていて、それがまた嬉しかった。

「苦手、克服したんだな」

「海以君のお陰です。これはお世辞でもなんでもありませんからね」

「東雲こそ、本当にありがとう。全部東雲のお陰だよ」

「どういたしまして。ですが、海以君が頑張ったことも大きいですよ」

ぎゅっと、強く手が握られる。ニコリととても嬉しそうに彼女は笑った。

「……海以君」

「ん？　なんだ？」

改めて紙に視線を戻そうとするも、その言葉に引き留められる。

「お願いとかご褒美とは別で、お願い……といいますか。したいことがあるんです」

「歯切れが悪いな。とりあえず言ってみて欲しい」

その表情は真面目なもので、でもほんのり頬が桃色に染められていた。

じっとその瞳が見つめてきて――

「蒼太君」

呼吸が止まった。

柔らかく、鈴を転がすように澄んだ声音が――

「蒼太君」

また、俺の名を呼んだ。

「……そう呼びたいんです。反対に、私のことも『東雲』ではなく『凪』と、そう呼んでくださると……嬉しいです」

その言葉の意味をよく理解出来たなと思う。それほどまでに――破壊力は凄まじいものであった。

どうにか俺は唇を動かす。それも緩慢なもので、さぞ緊張させてしまったことだろう。

「凪」

「……！　はい！」

元気な返事が聞こえ、同時にその顔が綻ぶ。

「ふふ、蒼太君。やっと呼べました」

再度、手が強く握られる。また東雲――否。凪は嬉しそうに何度も俺の名を呼んだ。

「蒼太君」

「……なんだ？」

「よく頑張りましたね、蒼太君」

その言葉には嬉しそうな声色と共に、優しさや暖かさが包み込まれていた。

「ああ。凪もよく頑張ったな」

そう返して手を握り返すと、その笑みはより深いものへと変わったのだった。

お昼を食べ終えた後、気がつくと眠ってしまっていた。幸いにもそこまで時間は経っていない。

隣へ目を向けると、彼女は俺に寄りかかっていた。

「おはようございます、蒼太君」

「ッ――あ、ああ。おはよう、凪」

分かっていたことではあるが、先程までのやりとりは夢ではなかった。

――名前呼び。それは少しむずがゆくも、それ以上に嬉しかった。

そのまましばらくゆったりとした時間を楽しんでいた……のだが、とあることを思い出した。

「な、凪」

「はい、凪です」

彼女の名前を呼ぼうとすると、まだ慣れていなくてつっかえてしまった。しかし、それを気にしていたら話が進まない。一度目を瞑り、心臓を落ち着けてから続きを話し始める。

「瑛二達……俺の親友とその彼女が今度、凪と俺に勉強を教えて欲しいと言ってきたんだ。まだ期末テストには時間があるが、予習も兼ねてだな」

「……あの時の方々、ですよね？」

恐る恐るといった風に聞いてくる。安心させるように俺は頷いた。

「雨の日、凪が迎えに来てくれた時の二人だ」

「はい。確か、巻坂さんと西沢さんでしたね」

「その二人だ。……もちろん厳しそうなら遠慮せず言って欲しいが。どうだ？」

凪は顎にちょんと手を置いてじっと何かを考えた。その後に瞳が上がり、視線が重ねられた。

「構いませんよ。ですが、私も……そ、蒼太君に会いたいと言っているお友達が居るんです」

凪の友人、となると俺の頭には一人の人物が出てきていた。

「……本当か？」

「はい。そのうち会ってみたいとおっしゃっていまして。良い機会ですし、どうでしょう？」

「一応瑛二達にも確認は取ってみないといけないが、俺としては大丈夫だぞ」

凪の友達となると彼女のことだろう。話は聞いていたものの、俺としても一目会ってみたかった。

「……それと、あと一つ。非礼を承知でお願いしたいことがあるのですが」

「なんだ？　なんでも言ってくれ」

俺の言葉に凪はニコリと、嬉しそうに微笑む。

「私、人見知りなので。蒼太君がずっと傍に居てくれると嬉しいです」

その言葉からは——彼女から寄せられた信頼が伝わってくるようだった。嬉しくなってしまい、俺も彼女と同じように笑った。

「ああ、もちろんだ」

◆◆◆

勉強会の日。駅で彼らが来るのを待っていた。

「お、もう居た。おーい！」

聞きなれた友人の声が聞こえた。凪と共にそこへ顔を向ける。

「随分早かったな！　まだ来てないと思ったぞ」

「そっちこそ早かったな。まだ時間の十分前だが」

巻坂瑛二とその彼女である西沢霧香。二人が来たのだ。

そして、瑛二と西沢が俺から凪へと視線を移した。

「会うのは二回目になりますね。巻坂さん、西沢さん」

「お、お久しぶりです！　うちの蒼太がお世話になってます！」

「ます！」

「どの立場に居るんだお前らは」

ビシッ！と綺麗にお辞儀をする二人。呆れが声に滲み出てしまった。

そして気がつくと、凪が半歩近づいてきていた。……まるで、瑛二達に対抗でもするかのように。

ふわりと凪の甘い香りがこちらまで漂ってきて、こつりと手の甲が触れてしまう。それぐらいの距離だ。

首を動かして凪を見ると、彼女は俺の視線に気づいて目を合わせてきた。

俺が視線を向けた意味が分かっていないのか、彼女はニコリと微笑んでいる。

……いきなりそういうことをするのはやめて欲しい。自分の顔が良いのを理解しているのだろうか。この至近距離で微笑まれるのは心臓に悪すぎる。

「なあ。なんか頭を上げたら二人ともイチャイチャしてるんだが。どうすればいい？」

「どうしよっか。私達も対抗してイチャつく？」

二人の声に意識を取り戻す。瑛二達はこそこそ話をしていた。……内容は丸聞こえなんだが。

「てーか何今の。私達でもあんなに見つめあったことなくない？」

「分かる。何正統派ラブコメしてるんだこいつらは」

「全部聞こえてるぞ」

瑛二達の肩がビクンと跳ねた。

まったく……凪が顔を真っ赤にさせてしまった。それでも彼女は俺から離れようとしない。

人見知りの方が勝っているようだ。

「ま、まあ。それはそれとして？　もう一人は東雲ちゃんの友達が来るんだよね？」

「あ、はい。羽山光さんと言う方で、とても明るい人です」

丁度その時のことである。見るからに明るそうな人が駅の方から歩いて来るのが見えた。

「……もしかしてあの人か？」

凪がそちらを見てあっと声を上げた。明るい金髪を揺らした少女が凪を見て手を振っている。

「はい！　羽山さんです！」

金髪をポニーテールにまとめた明るい女性。西沢とはまた違うタイプの明るさである。話に聞いていたが……ギャルっぽい感じだ。悪い意味ではない。

どこかあっけらかんとしているというか。嫌な雰囲気は一切ないのだ。凪の友達なだけある。

「私が一番最後って感じね。ごめんごめん」

「いえいえ、まだ時間より全然早いですから。それでは紹介しますね」

凪がそう言って俺から一度離れ、彼女の横に立った。

「羽山光さん。私と同じ高校に通っているお友達です」

「羽山光です！　羽山でも光でも好きなように呼んでね。趣味は色々。あ、こう見えて口は堅いから。相談事なんかあったら乗れるからね」

「はい。羽山さんはとても真摯に話を聞いてくださりますよ。私もよくお世話になっています」

なるほどと頷きながら俺達も自己紹介を終える。

すると、羽山が俺に近づいてきた。

「へぇ……君が海以君ね。話は聞いてたよ」

「あ、ああ？」

彼女はじっと俺を上から下まで見てきた。少しくすぐったく、ぶるりと震えてしまう。

「悪くないじゃん」

「は、羽山さん!?　だ、だめです！」

凪が羽山の視線を遮るように俺のすぐ前へと立つ。

「い、いくら羽山さんでも！　そ、蒼太君はだめです！」

凪が羽山を睨む……まるで、縄張りを主張する子猫のように。怖いというか、かわいらしさが勝ってしまうのはなぜだろう。【氷姫】の時と比べると圧が全然ない。

羽山は凪のことを見て、とても満足そうに頷いていた。

「うんうん、分かってる分かってる。東雲ちゃんがいっつも言ってたからさ。どれくらいかっこいいのか見てただけだよ。安心してね」

羽山の言葉に凪が固まる。更にそこへと追撃が飛ぶこととなる。

「独占欲……そういや霧香はこういうの、俺に向けたりしないのか？」

「え、向けて欲しいの？」

「たまには？」

「へぇ……じゃあ機会があったらね。多分そうそうないだろうけど」

そんな二人の会話を後ろから聞いて、凪の頬を差す赤みは耳まで浸食していった。

「お前ら、凪をからかいすぎだ。嫌われても知らんぞ」

これ以上凪がからかわれるのは………少し見てみたい気がしなくもないが、止めておいた。

「それより集まったんだし行こう。ついてきてくれ」

これ以上ここに居ても周りの迷惑になるだろうと思い、俺は歩き始めた。凪がハッとした顔になって、俺のすぐ隣へとつく。

それを見た瑛二達がニヤニヤするのを感じながらも、そこには目を向けず。俺達は家へと向かったのだった。

◆◆◆

「おおー！　男の一人暮らしって色々とだらしない気がしてたけど。ちゃんとしてるんだ、偉いね」

家の中へ入ると真っ先に羽山が驚きの声を上げた。

「掃除は、だがな。凪、話してないのか？」

苦笑しつつも凪へ聞くと、即座に首を振られた。

「お友達のプライバシーに関わりますからね。勝手に話したりはしませんよ」

「……そうか」

言われてみれば、確かに凪なら話さないと思う。それなら俺から言うべきだろうな。

「俺は料理が出来ないんだ。……しないと言っても良いが。その、長続きしなくてな」

凪の瞳がじっと俺を撃ち抜いた。続きを話していいか、という確認だろう。そっちの方が早そうだ。俺は頷き、凪へ引き継ぎをする。

「外食やお惣菜だけでは栄養が偏るので。お弁当とか、毎週土曜日はご飯を作りに来てるんです」

羽山は凪の言葉を聞いて目を丸くした。

「……え？　まじ？　初耳なんだけど」

「まじです。理由は前述したとおりです」

凪が大真面目に頷く。羽山は俺と凪を交互に見て――驚き半分、呆れ半分といった表情を見せる。

「これで付き合ってないってまじ？」

「ま、まじです！」

「もう通い妻じゃん」

「か、通い……？」

凪が真っ白な頬を真っ赤に染める。彼女に釣られるように顔が熱くなるも……一応、何か言っておかねばと凪の隣へと立った。

「凪は優しいからな。俺が体調を崩したりするのが嫌なんだと思う。それに、俺が体調を崩したら凪としている約束も果たせなくなる。内容は言えないが、そういうことだ。なあ、な……ぎ？」

割と自分でも良いフォローが出来たと思う。そう思って凪を見るも……ぷるぷると。彼女は小さく頬をむくれさせながら震えていた。

私、怒ってます！　と言わんばかりに。

「……凪？」

「ちょっと、ちょっとだけ複雑です」

凪がそう言って俺に一歩近づく。ただでさえ近かった距離が更に近くなり、というかほぼ密着していた。

そのままじっと、蒼い瞳に見つめられる。

恥ずかしくなり、俺はふいと視線を逸らしてしまった。

凪のため息が……呆れたものではなく、少し嬉しさの混じったものが零れた。

「まあ、今は良しとします。お勉強はリビングでしますよね。早く行きましょう」

「あ、ああ」

凪が先にリビングへ向かった。俺もそれに続いたのだが……後ろから刺すような視線が三つ、突きつけてきたような気がした。

「そこはですね。このやり方ではなく……前にあったこのページのやり方と同じ感じです」

「ああ、そういうことね！　ここで使うんだ！　ありがと、なぎりん！」

「いえいえ、どういたしまして」

俺達は勉強会に移っていた。期末試験まで余裕はあるし、ほぼ予習みたいなものだがやっておいて損はない。

二時間ほど勉強をし、凪も少しずつ二人と話せるようになってきた。特に西沢とはかなり話せるようになってきている。西沢は凪のことを「なぎりん」、羽山のことを「ひかるん」と呼

んでいた。

西沢は仲良くなりたいと思った人にはこうして特殊な呼び方をするらしい。瑛二とは幼馴染なのでそういうのはないらしいが。コミュ力が凄いな、本当に。

お昼時が近づいてきた頃、凪が立ち上がった。

「さて。お昼の時間になりましたし、私がお昼作っちゃいますね。肉じゃがを作るつもりですが、大丈夫でしょうか？」

「……え？　なぎりんが作ってくれるの？」

その言葉に西沢達が驚いた顔をした。元々そう決めていたので、俺は特に驚いたりしない。

「はい。宅配も考えましたが、折角の機会なので」

「やったー！　ありがとー！」

「いぇーい！　めっちゃ楽しみ」

同級生の手料理などあまり食べる機会がない。勉強から一転、西沢達のテンションが上がった。

「じゃあ俺も凪の手伝いしてくるから。三人は待っててくれ」

「おっけー！」

そう言葉を残し、俺は凪とキッチンへ向かう。

キッチンでは凪が俺のエプロンを着けながら俺を見ていた。楽しそうに、そして少し妖しげに微笑んでいる。

「以前、キッチンにレシピがありましたよね。なので、今日は蒼太君のお家風肉じゃがを作りますから……安心してくださいね？」

目を見開いてしまった。

──見透かされていた。

凪の料理が俺ではない。他の誰かに振る舞われることにほんの少し……心の中で黒いもやが漂っていたことを。

「私の……私が作る料理は、家族と蒼太君にしか作りませんから」

──それは、つまり。

脳内を過った想像は荒唐無稽と呼ぶには難しく。しかし、そうであってほしいという願望が含まれているのも確かだ。

数秒間目を瞑り、心臓を落ち着ける。よし、と目を開けた。

すぐ目の前に凪が居た。目を閉じ、その長い睫がよく見えていた。これから落ち着くはずだった鼓動の間隔がまた短くなっていく。

「……ん。お願いします」

そのまま、凪は少し俯いて……俺に頭を差し出すようにしてきた。

「い、今するのか？」

「今日はこれを逃したらもう出来なくなる気がしたので。お願いします」

リビングからは襖が隔たって見えない。……襖を一枚しか隔てていないとも言えるが。

今も小声で会話をしているものの、普通に話せば向こうに聞こえる距離だ。

ダメだ——と頭では思っていたはずなのに。気がつけば俺は、そっと手を持ち上げていた。

見えなければ問題ないだろうと。

サラサラとした髪の上へ手を置く。

「……ふふ」

そのまま優しく頭を撫でると、彼女の唇からは澄んだ笑い声が漏れた。

ふわりと甘い匂いが漂う。凪の手がそっと俺の胸に置かれる。……あの日から凪は俺の胸に手を置くようになった。以前も感じたように、心臓の音が聞かれるのはかなり恥ずかしいのだが……嬉しそうにする凪を見れば断ることは出来なかった。

その絹のようにサラサラな髪の毛は指が絡まったりはしない。彼女の緩んだ顔が見られるのも嬉しい。いつまでも撫でていたくなってしまう。

——次の瞬間のことである。

「ね、東雲ちゃん。ちょっと聞きたいことが——」

羽山が襖を開けて顔を出してきたのだった。

俺と凪は離れる時間も出来ず。ただ固まっていた。

時が止まったような……そんな錯覚に陥る。

「……」

俺と凪だけでなく、羽山も固まっていた。場に沈黙が訪れる。

「ひかるんどったのー？」

その声と共に時間が動き出した。

ぱっと手を離したものの、凪は俺の胸から手を外そうとしない。

凪を見ると……彼女は潤んだ瞳で俺を見ていた。

まるで、『続けてくれないんですか？』とでも言いたげに。

『本気か？』と目で問うと、こくこくと頷かれた。

手を戻すと、凪は嬉しそうに目を細めた。

「いや続けるんかい」

同時に羽山がずっこけそうになった。

「……？　ひかるん？」

「あ、いや、何でもない。ちょっと待ってて」

羽山がそう西沢へ伝え、襖を閉じた。

向こうに戻るのではなく、キッチンに入ってくる形だ。

「で？　一体どういう状況なのかな？　これは」

「これはだな……その、なんと言うか」

凪を見ると、こくりと頷かれる。やっと胸に置いた手を取ってくれた。

しかしこちらが手を離そうとすると、寂しそうにこちらを見つめてくる。

……勝てない。俺は手を動かし、凪がその状態のまま羽山を見た。

「今見たこととこの話はご内密にお願いしたいんですが」

「おっけーおっけー。分かってるよ」

うんうんと何度も頷く羽山を見て、凪が話し始めた。

「蒼太君に会って気づいたことなんですが。実は私、かなりのあまえんぼさんだったんです」

「……なるほど？」

彼女は言葉と反対に納得していない様子であった。とりあえず呑み込もうと思って頷いたのだろう。

「それでですね。紆余曲折ありまして、蒼太君に頭を撫でてもらうことが……す、好きになりまして。こうして二人になった時にお願いするようになったんです」

「……今は二人じゃないけど」

「い、今が終わってしまうと今日の分が終わりになってしまうので。もったいないかなと」

顔を真っ赤にさせながら凪が答える。思わず手を止めてしまった。それを疑問に思ったのか、こちらを見てきた蒼い双眸と目が合った。

「蒼太君？　どうしたんですか？」

「……別に、凪が望むなら一日に何回やっても良いんだが」

「い、良いんですか⁉」

凪が思わずといった様子で声を上げる。瑛二達に声が聞こえていそうだが……幸い、彼らがこちらに来ることはなかった。

「あ、す、すみません。大きな声を出して」

「いや、大丈夫だ」

なんとなく手を動かして頭を撫でると。少し不安そうだった顔が緩んでいく。

「そ、それと。本当によろしいんでしょうか」

「ん？　ああ、もちろんだ。元々制限も設けてなかったし」

一日一度ということ自体今初めて聞いたくらいだ。別に手間でもない。凄く心臓には悪いが、嫌な悪さではなかったから。

凪は強く顔を輝かせる。しかし、すぐに難しい表情を見せた。

「い、いえ、ですが。制限もなしにすると、一日で十回ほど頼んでしまいそうなので……」

「そ、そうか」

さすがに一日十回は多いな。断りはしないだろうが。

「俺も凪の頭を撫でるのは嫌いでは……いや、好きではあったんだが。仕方ないか」

そう言うと。凪がハッと顔を上げた。

「そ、それなら。一日に二回、二回までなら。お願いしたいです！」

その瞳からは焦りの色を読み取ることが出来て、思わず笑ってしまった。

「分かった。もし増やしたくなったらまた言ってくれよ？」

「はい！」

嬉しそうに笑う凪を撫でると、どんどん頬が緩んでいく。

「ね、私のこと忘れてない？」

「……あ」

横からひょこっと顔を出してきた羽山に、俺と凪は顔を見合わせて笑うのだった。

「えっ、すご、美味しっ」
「おー。めちゃくちゃうめえ」
「凄いほっこりする味。うん、すっごく美味しい」
凪の作った肉じゃがはとても好評であった。もちろん俺としても美味しくて、とても懐かしい味だ。

「ふふ、良かったです。蒼太君のお家風肉じゃがでした」

彼女の言葉に瑛二と西沢が喉を詰まらせた。

「んぐっ……げほっ、ごほっ。そ、蒼太のお家風？」

「……私でも瑛二の家の家庭の味とか教えて貰ってないんだけど」

「レシピがキッチンに置かれていたので作ってみたんです」

ネタばらしの言葉に羽山も含む三人が納得したように頷いた。

また肉じゃがを食べ進め、舌鼓を打っていた時のこと。凪が何かを思い出したように声を上げた。

「そうでした。みなさんにお願い……といいますか、良ければ来て欲しい場所があるんです」

「来て欲しい場所？」

「はい！　お食事中ですが、少し失礼しますね」

凪がそう言って自分の鞄を取る。中から一枚の紙と四枚の細長いチケットのような物を取り出した。

大きい紙は何かの広告のようだった。

「実は十一月の初旬に、私が習っている日本舞踊の公演会があるんです。もちろん私も出ます。そのため、出演者には家族や友人を呼ぶためのチケットが配られまして。よければどうでしょうか？」

「行く。凪が出るのなら」

反射的に俺はそう返していた。

それと同時に凪の不安そうな顔がホッと緩んだ。続いて瑛二達も声を上げた。

「おー！ 俺もこういうの好きなんだよ。行くわ」

「そーいえば瑛二、こういう芸能とか芸術系のやつ好きだったよね。じゃあ私も！」

「私も行こっかな。東雲ちゃんも出るんだし」

瑛二がこういったものに関心を示すとは俺も知らなかったな。西沢の言葉もあるし、本当のようだ。

「ありがとうございます！ 期末試験の前になると思いますが、是非楽しんでいってくださいね！」

三人の言葉を聞いて、凪は嬉しそうに笑ったのだった。

時が経ち、十一月に入った。
ついに明後日が日本舞踊の公演会である。
正確には、土曜日と日曜日の二日公演。出演者の人数が多いらしく、凪の出番は日曜日……

その大トリであった。

明日、凪は家族と見に行かないといけない。そのため金曜日の今日家に来る形となったのだ。ついでに言うと、今週は茶道と華道が休みらしかった。

「緊張、してるよな」

この一週間、凪の表情はどこか硬かった。それも当たり前だろう。俺なんて学校の発表ですら緊張する。公演会など、何百何千もの人の前で行われるのだ。しかも大トリを務めるのであり、その緊張は計り知れない。

現に、今も凪はソファに座りながら肩肘を張っている。俺の言葉に作り笑いを見せながら彼女は頷いた。

「そうですね。お恥ずかしながら、少しばかり緊張してます」

「別に恥ずかしがることでもないだろ。緊張しているってことは、それだけ頑張ってきた証拠でもあるしな」

練習通り出来るかどうか。努力が実るかどうか。どれも、練習と努力を惜しまなかったからこそ不安になることだ。

「ありがとうございます。そう言って貰えると嬉しいです」

そのまま凪がふうと長く息を吐く。落ち着かないのだろう。

何か、俺に出来ることはないだろうか。

腕を組んで考えていると一つ、考えが見つかった。

「……時に凪」

「……？　なんでしょう」

「俺は、凪が凄く頑張っていると思うんだ。俺が見えない所でもずっと頑張っていたと思う」

凪がこてんと首を傾げた。このままだと話が長くなりそうだったので……一度、深呼吸をした。

「本番前に特別なご褒美、欲しくないか」

「……！　い、良いんでしょうか？」

「俺がしてあげたいんだ。無理そうなら断ってくれても良い」

凪はぶんぶんと首を振り、強い光の点った眼差しを向けてくる。

「蒼太君がしてくれることなら私、何でも嬉しいです」

お世辞ではなく本気で言ってくれているようで嬉しくなり、俺も弾む心を隠さず表情に出した。

「分かった。ちょっと来てくれ」

「は、はい！」

凪を連れて向かった場所は……寝室である。

「蒼太君のお部屋……初めて入りましたね」

「いつもリビングに居たもんな」

「はい。蒼太君の匂いがします」

凪は物珍しそうにきょろきょろとしていて、少し恥ずかしくなる。

部屋の隅にあるベッドに座り、俺は隣を叩いた。凪が少し緊張を膨らませた表情で近寄り

「少し言葉不足だったな。別に変なことはしないから安心してくれ」

「そう、なんですか？」

ホッとしたように――隣に座ってくる。

――気のせいだ。

少しだけ残念そうに見えたのは――俺の気のせいだろう。

ふう、と煩悩を息に込めて吐き出した。

「凪。こっち、寝てくれ」

「――え？」

大きくなる心臓を無視しながら俺は自分の膝を叩いた。彼女はぽかんとした表情を見せる。

「嫌だったら別に」

「嫌じゃない、です」

俺の言葉を遮って、凪は横に……俺の膝の上に倒れ込んだ。

「……嬉しいです。すっごく嬉しいです」

小さく、しかし鈴を転がすように澄んだ声は確かに鼓膜を揺すぶった。言葉を返すことなく、俺は彼女の髪を撫でつける。

「気持ちいいです」

「良かった。時間制限なんかはないから、思う存分撫でられてくれ」

凪は唇から笑みを漏らしながらも、ありがとうございますと丁寧にお礼を告げてきた。

どういたしましてと言葉を返しながら、しばらく頭を撫で続ける。すると、気持ちよさそうに細められた瞳がこちらを見つめてきていることに気づいた。

「……強欲だとは思いますが。少し、甘えてもよろしいでしょうか」

「強欲なんかじゃない。もちろん良いぞ」

凪は欲がない方だ。少しくらい欲を見せても良いだろう。

しかし——俺が思っていた以上に、彼女は欲を見せてくれた。

凪はぽすりと、こちらに体を向けて顔を埋めてきたのである。

体が固まってしまった。頭から足の先までビシッと。

天井を見てふう、と息を吐く。改めてその頭……こちらの反対側にある、後頭部の方に手を置いた。

「えへへ」

小さく笑う声と共に、顔を押し付ける力が強くなる。

「蒼太君の匂いがしてとっても落ち着きます。好きな匂いです」

「……そうか」

少し。いや、かなり恥ずかしいが。凪が喜ぶなら良いかと頭を撫で続けた。

またしばらく続けていると、凪の呼吸が規則的になっていくのが分かった。視線を落とすと、彼女の蒼い瞳が瞼によって見え隠れを繰り返しているのが見える。

「今日はまだ時間があるから。眠れる時に眠った方が良いぞ」

「……そう、ですね。……あの、蒼太君」

「なんだ？」

凪はその手を浮かせ、自身の胸の近くに置いた。

「手、握って欲しいです」

ドクリと。早鐘を打っていた心臓の勢いが増す。

「その方がよく眠れるか？」

「ふぁい……おねがい、します」

「分かった」

そっと凪の手に自分の手を近づけると、彼女の手がきゅっと握ってくる。

「あたたかいです」

「ああ。そうだな」

だらしなく頰を緩めて笑う凪を見ていると、こちらまでゆるゆるになってしまう。その瞼が閉じていくのをじっと見つめた。

「おやすみなさい。蒼太君」

「ああ。おやすみ、凪」

その言葉を最後に、今度こそ凪は眠る。眠っているものの、握った手は離そうとしてこなかった。

こうして見ると、本当に幼子のようだ。【氷姫】なんて言葉は似合わない。

頰にかかる髪の毛を耳までかき上げると、彼女はくすぐったそうに声を漏らした。

「……本当に可愛いな」

思わず声に出してしまった。すぐに口を閉じたが、どうやら凪はもう眠っていたらしい。

そのことに安堵し、自由な方の手で頭を撫でる。緩みきった頰は戻ることなく、非常にリラックスしているようだ。

――家族に遠慮したりしているのだろうか。

養子だから……それか、元々家族にも遠慮する性格だったのか。彼女以外の誰にも分からないことではあるが、つい考えてしまう。

家族に甘えられない。それは俺にとって未知の領域だ。甘えたくなくても甘えさせられた俺だが、今思えば友人が居なかった俺を両親が気遣ってくれたのだと思う。

目を落とすと、凪は本当にぐっすりとよく眠っていた。

緊張もあったのだろうが、肉体的にもかなり疲れていたのだろう。昨日までずっと日本舞踊の練習をしていたらしいし。

思えば、夜にしていた電話でもそうだった。普段は凪が眠くて寝落ち通話みたいになっていたのだが、最近は普通に時間を見て切っている。その後は眠れていないのかもしれない。

「せめて、ここでくらいはゆっくり眠ってくれ」

むにゃむにゃと言葉にならない声を出す凪を見て微笑む。

その姿を見ながらふと、俺は考えた。

俺はもう、凪が居ないと生きていけないんじゃないか……と。

食事が一番顕著だ。最近だと平日はお弁当。土日は凪が作るか作り置きをしてくれている。

実はそれが毎日の楽しみになっていたりもする。

そして、勉強面。分からない所があれば彼女はとても分かりやすく丁寧に説明をしてくれる。

もちろんこの二つだけじゃない。精神的な面でも彼女にかなり支えられていた。

凪が傍に居ると、不思議と落ち着くようになった。今では一人が少しだけ寂しく感じる。

もう、あの頃の日常には戻りたくないと思ってしまう。

――ダメだ、これ以上考えるな。そう自分に言い聞かせても、感情は言うことを聞いてくれない。

――彼女と離れたくない、という感情が膨れ上がる。やがて……好きだと、愛おしいと思う感情が。……もう、瑛二に『分からない』なんて言えないくらいに大きくなっていた。

顔が灼熱のように熱くなった。

この気持ちは仕舞っておかなければいけないものだ。だから目を逸らしていたというのに。

俺が凪に認められた……俺に人生を賭けてくれた理由を思い出せ。俺を信じてくれたからだろうが。

だから、この感情は表に出してはいけない。たとえ、凪に恋人が――出来たとしても。

ふと、この前瑛二が言っていた言葉が脳裏を過った。

――十年後。【氷姫】、東雲凪の隣に居る男は誰であって欲しい?

背筋にゾワリと嫌なものが這いずる。

俺以外の誰かが、十年後、凪の隣に居たら――

「――嫌だ」

気がつくとそう呟いていて、唇を噛みしめる。それほどまでに感情は大きくなってしまっていた。

どうにか隠し続けないと――

「……そうた、くん？　どうされました？」

自分の胸から手を離し、目だけを動かして凪を見た。ぽやぽやと瞬きを繰り返す彼女へと、俺は笑みを返した。

「……何でもない。気にしないでくれ」

そのまま凪の頭へ手を戻す。ぽや～っとしていた凪はすぐに瞼を閉じ、眠りについた。

それを見届け、ふうと長く……長く息を吐いた。

危なかった。バレてなくて良かった。

凪の男性恐怖症はかなり良くなりつつある。もし、今俺が凪にこの気持ちを伝えたら？

……嫌われたくない。

今のところ、凪は俺のことを嫌ってはいないと思う。だけど、好いてくれて……いるのか。分からない。

前も考えた通り、凪は距離感がかなり近い。……こうして、膝の上で無防備に眠るくらいには。

だが、それは俺を友人だから信頼しているだけなのではないか？　もし俺が『好き』だなんて言えば……その信頼が崩れてしまうのではないか。

だめだ。考えが上手くまとまらない。考えれば考えるほど分からなくなってしまう。

視線を落とすと。こちらをじっと見ている蒼い視線と目が合った。ビクッと肩が跳ねてしまう。

「蒼太君？」

「な、凪。起きたのか？　まだ寝てて良いんだぞ」

俺の言葉にしかし、凪は首を振った。

「もう一度眠ろうかと思っていたんですが、蒼太君が何かを考えているようだったのでつい目が覚めてしまいました。どうかしたんですか？」

「……いや、なんでもない。気にしないでくれ」

さすがにこれは凪に相談出来ない。俺一人で考えることだ。

しかし、このままだといつまでも考え続けてしまいそうだ。

凪の頭を撫で、手を握る。凪はニコニコとしながら握り返してくれた。

もし、俺のこの感情が——抑えつけられないくらいに大きくなったら。

その時俺は——どうするのだろうか。

「おお、凄い人の数。というかめちゃくちゃ偉そうな人がいっぱいだ」

「うわぁ……すっごい高級そうなスーツ着てる人とか着物着てる人とかたくさん。そういえば東雲ちゃんの家って凄いんだったよね」

「こっちじゃ有名だからね。お父さんが相当な事業家だとか、権力を持ってるとかで」

ついに、凪の出る日本舞踊の公演会が始まる日となった。

公演会場は人でいっぱいだ。見るからに裕福そうな人達が多い印象を受けたが、それもそうなのかもしれない。日本舞踊をするには着物が必要であり、その着物も決して安いものではないと聞く。これだけ人の多い公演会ともなれば尚更高級な物が必要となるだろう。

ただ幸いなことに、俺達のような学生は礼服ではなく制服が多かった。そんなに目立たなそうである。

「ちゃんとした会場だからあんまりはっちゃけないようにな。特にそこのカップル」

「わぁーってるから心配すんなって。これでも日本芸能の瑛ちゃんって呼ばれてたんだぜ？」

「瑛二、芸術鑑賞とか魅入ってたもんね。瑛二が静かにするなら私も……ってかこんな場でうるさくするほど非常識じゃないから安心してね。どの口でって言われたらなんも言い返せないんだけどさ」

……さすがにないか。瑛二も普段おしゃべりではあるものの、節度は守っている。

「悪い、二人とも。少しぴりついていたかもしれない」

「そんぐらいで謝んなって。日頃の行いもあるんだからな」

いつものように高笑いをしようとするも、隣で西沢に脇腹を肘で突かれて瑛二は物理的に黙ることとなった。この様子だと何かあったとしてもどちらかが注意をするだろう。その隣で羽山が笑っていた。

「私は空気の読める女だから安心してね」

「自己評価が凄いな。いや、凪も言っていたし本当にそうなんだろうが」

凪が友人になりたいと思うほどの人物だ。それに、凪から羽山のことは聞いていたから。凄く優しい常識人だということも理解していた。

「それじゃあ入るか」

瑛二達と共にホールへと入り、受付でチケットを見せる。滞りなく進んでいき、無事会場へと入れた。座席は指定されていて……なんとなく冷や汗をかいてしまう。

会場の入り口の方から指定された座席の周りを見る。緊張している俺を見て、羽山が苦笑していた。

「東雲ちゃんが言ってたけど、東雲ちゃん一家は別の……完全ＶＩＰ席みたいな所に居るらしいよ。向こうもこっちの席がどこなのかまでは分かんないはずだって言ってたし。一応友達を呼んだっては言ったらしいけど」

「そうだったのか」

確かにこの人の多さではお互い見つけるのは難しいだろう。

そのことにホッとしてしまいながら……凪の両親と会ってみたい気持ちもあって、少しだけ残念に思う。

そこからは会話も最低限に席を見つけて座った。中央より前の席で、かなり舞台が見えやすい位置であった。友人や知人用の席なのだろう。

席順は左から西沢、瑛二、俺、羽山である。楽しそうにそわそわとしている瑛二を横目に見ながら、静かに始まるのを待った。

しばらく待っていると、アナウンスが聞こえ始める。注意事項が読み上げられ、続いて演目名と出演者の名前が読み上げられていく。パンフレットに目を通し——最後に書かれていたものを見て目を見開くこととなった。

『また、本日最後を締めくくるのは人間国宝である市竹つる様唯一の弟子、東雲凪様の舞となります』

瑛二と顔を見合わせた。『知ってたのか』と目で聞いてくる瑛二へ俺は首を振る。

次に羽山を見たが、こちらもまた『知らない』と首を振られた。

市竹つる。見たことがある名前だった。

日本舞踊を見るにあたって、色々歴史とか基礎的なものを調べてきた。簡単に調べただけであったが、『人間国宝』と書かれた一覧にその名前があったような気がする。

人間国宝。そんな人物の弟子だったとは知らなかった。しかも唯一の弟子か。

公演が始まるので、一旦俺達は落ち着いて背もたれに体重を預けた。これは……凄く楽しみになってきたな。

演目紹介が終わり――舞台の幕が上がる。

一つ目の演目は三味線と太鼓の音と共に始まった。

日本舞踊と一括りに言っても、その内容は様々だ。凪に聞いたところ、今日行われるのは昔ながらの舞と踊りを中心としたものになるらしい。

三味線や鳴り物、笛の音と共に演者が舞い、踊る。

人間国宝を師に持つ凪が出る公演会なのだ。日本舞踊について詳しくない俺でも分かるくらい――いや、これはそういうレベルを超している。

演者の舞は一つ一つの動きが繊細で、気がつけば魅入ってしまう。呼吸すら忘れていて、慌てて深呼吸をした。瞬きも惜しんでしまって目も乾く。良くないぞと隙を見て強く眼を瞑った。

それくらい、俺達は舞台に惹きつけられていた。

演目にもよるらしいが、舞踊をする演者の動きは色々な動作を表すらしい。舞踊で物語を表現する、と言った方が良いか。

こちらも調べておいて良かった。分からない動作の方が多いものの、それらが日常の一幕を再現していると理解出来た。演者の技術力が高すぎて、もしかしたら調べなくてもおおよそは理解出来たのかもしれないが。

　そうして最初の演目が終わり……舞台が暗くなった。

「……」

　心を渦巻く形容しがたい感情。それらを息に込めて吐き出そうとするも、その感情は大きすぎて吐き出すことが出来ない。息もつかせぬまま次の演目が始まった。

　それからの演目も凄まじいものであった。

　引き込まれてしまう。その世界に。画面で見たものとは比べものにならない。

　ただ曲を聴くことと、ライブに行って実際に生で演奏や歌を聴くことが全然違うような感じだろうか。

　舞が、唄が、そして音の一つ一つがただでさえ心を打ち付けるもの。それらが組み合わさることで、舞台に一つの世界が作られている。

　会場は演者達に支配されていた。

　夢の中に居るようだ。まだまだ演目の時間があると思っていたのに、気がつけば時間が過ぎている。演目が終わるとぼうっと、与えられた馳走の余韻に浸るように噛みしめる……のも束の間のことで、すぐに次の演目が始まる。夢が終わってはまた始まる。まだまだ続くのだと
——そう思っていたのに。

『続いてが最後の演目になります』

　唐突に告げられたアナウンスの声に驚いてしまった。腕時計を見て二重に驚くこととなる。何時間もあったはずなのに、もうそんなに時間が経っていたのか。しかし、思い返せばそれだけの数、演目を見ていた。

　それと同時に、頭の先からつま先までぶわりと鳥肌が立つ。

　――そう。最後は凪の出番なのだ。

　彼女が緊張していたのも頷ける。……あれだけレベルが高い演者達の最後を締めくくるのだから。

　ごくりと生唾を飲み込み、手を組んで時が経つのを待つ。短くも長いような時間を静寂の中で過ごし――

　――彼女が現れた瞬間。ほんの少しだけ生まれてしまっていた緊張や不安はなくなった。

　一瞬、舞台の上に居る人物が彼女だと気づけなかった。

　目を見開いて、呼吸を忘れる。全身の細胞の全てが彼女に集中し、心臓すら鼓動を打つことを忘れたかのような錯覚を起こしていた。

　――知らない。俺は、この気持ちを言葉にする術を知らない。

　元々肌が白いこともあって、おしろいを塗られていても彼女の顔にほとんど違和感はなかった。長い白髪は纏められ、簪で結われている。

真っ白な布地に桜の花びらが描かれている着物を着た彼女は——俺が知っている凪(なぎ)ではなかった。

スッと細められた瞳が。きゅっと引き結ばれた口元が。その一つ一つの所作の全てが——

——ああ、そうだ。『美しい』んだ。

その言葉が誰よりも似合っていた。彼女のためにこの言葉があるのではと疑ってしまうほど。

日本舞踊って白髪でも行けたんだな、とか。ふと浮かんでいた疑問はすぐに失(う)せた。黒髪ではこの美しさは引き出せない。白が凪(なぎ)に一番似合う髪色なのだから。

そして、演奏は無しに凪(なぎ)は踊り始めた。

小さく動く首が、そして手足の動作は今まで見た誰よりも洗練されている。何処(どこ)を注目するべきなのかすぐに伝わる。

表現力も凄(すさ)まじい。その視線が、手の動きで何を表現しているのか教えられなくても全て理解出来る。頭の中に投影される。

先程までもレベルが高い演目だったが、彼女の動きは素人目(しろうとめ)でも一線を画していることが分かった。

いつになく真剣な表情。こんなに集中している彼女の姿は見たことがなかった。

——ああ、綺麗(きれい)だ。凄(すご)く。

その視線が一瞬、一瞬だけ俺の方を向いた。表情は変わらない。

しかし、その視線が一瞬だけ柔らかくなったように思えた……次の瞬間。

その扇子が胸の前で開かれた。

凪の瞳のように蒼い。空色と蒼のグラデーションが綺麗な扇子であった。

雰囲気が変わった。言語化することはとても難しいが——

——まるで、【氷姫】から【凪】に変わったように見えた。

ゆっくりと、彼女は華麗に扇子を回転させる。ゆっくりであったはずなのに、その手の動きは一見ではどうやっているのか分からない。要返し、だったか。調べて出てきた技術だが……ここまで華麗に出来るものなのか。

滑らかに返されたその動きに見蕩れてしまう。否。見蕩れ続けている。ほう、と息を吐かなければ見続けることが出来ない。感情が爆発してしまいそうだ。

その後の動きは今までと明らかに変わっていた。扇子はまるで体の一部かのように動く。

その足や手の動きも変わった。先程より滑らかに。表情は変わっていないはずだが……生き生きとしているようにも見えた。

——ああ、なるほど。

やっと動きが変わった理由が分かった。

凪、緊張していたんだな。

彼女の動きが変わり、それと同時に三味線の音が会場に響き始める。

頭一つ抜けていた動きは時が経つごとに更に練度を増していく。子どもが歳を重ねるように、見る者すら追いつけなくなりそうな速度で彼女の動きがより鮮やかになっていく。

これが凪の本領なのだろう。

気がつくと、俺は声を出さずに笑っていた。

出てきた当初は誰なのか一瞬分からなかった。それが今は凪らしさが見えて、嬉しくなってしまったから。

誰よりも努力家で、優しくて……綺麗な凪。その全てがこの舞一つに集約されているようで。

本当に、本当に嬉しくて。同時に俺は、自分の中で更に大きくなっている感情に気がついた。

──本当に俺は凪のことが大好きなんだな、と。

「……凄かったな」

「ああ。もう本当に凄かった」

瑛二の言葉に頷く。周りに歩いている人達も凪を凄いとか綺麗だったと褒めていて、凄く嬉しかった。

瑛二がニヤニヤしながら俺を見ていることに遅れて気がつく。

「いやー、蒼太が楽しそうで良かった。まーた『やっぱり住む世界が違う』とか言い出したらどうしようかと」

瑛二の言葉に苦笑が零れた。

「正直、最初は思ったぞ。でも、途中から凪らしさが出てきて。凪は【氷姫】じゃなくて凪で、一人の女の子なことには変わらないんだって改めて思ったよ」

「お、おお、そうか。……お前もなんか変わったか？」

「……そうかもな」

そう返しながら俺は改めて思った。

膨れ上がるこの気持ちをもう無視は出来ない。きっともう、隠すことも出来ないだろう。それならもう――向き合うしかないな。まさかこんなに早くその時が来るとは思わなかったけど。

と、一人で覚悟を決めた直後――

「貴方が海以蒼太様でしょうか」

――俺は後ろから声を掛けられた。振り向くと……そこには四十代程の女性が立っていた。

黒髪をショートカットにした女性。その佇まいはとても上品で、思わず緩んだ気が引き締まった。

「は、はい。海以蒼太ですが……貴女は？」

「これは失礼しました」

その女性は綺麗なお辞儀をして、俺を見た。

「私は東雲家の使用人……そして、凪様の専属のお手伝いをしております、須坂翔子と申します」

……凪専属のお手伝い？

「海以蒼太様。貴方にお伝えしたいことがあります。お時間を頂ければ幸いです」

「は、はい……大丈夫ですが」

一度瑛二達を見る。彼らも一緒で良いのかと思うも、その女性――須坂さんは頷いた。

「もちろんご友人の方々も一緒で構いません」

「分かりました」

しかし、ここはまだ人が多い。会場から外に出て、駐車場の端の方へ向かった。そこには自動販売機とベンチがあるのだ。

幸い、そこに人の姿はなかった。

「さて。まず初めに、海以様。お嬢様と仲良くなっていただき……そして、お嬢様を助けていただきありがとうございます」

須坂さんはそう言って深々と頭を下げた。その言葉を理解し、色々と俺の中から疑問が生まれていた。

「い、いや、えっと、その。凪から……凪さんから話を？」

「ご安心ください。海以様方の話を聞いたのは私だけです。それと、普段の呼び方と喋りやすい話し方で問題ありませんよ」

凪が俺のことを話していたというのは初耳だが。

「私は現在お嬢様専属のハウスキーパーとなっており、主に料理のサポートを担当しております。以前は奥様のお手伝いをしておりましたが」

「ああ、なるほど」

お弁当の件を知っているのだろう。となると俺の料理が出来ないということも知られていそうだが……

「ご安心ください。お嬢様から事情もお聞きしておりますので」

「ご。ご理解感謝します」

そこで須坂さんがこほん、と一つ咳払いをした。

「あまりお時間を取らせる訳にもいきませんので、本題に移ろうと思います」

なんだろうか。悪いことでなければ良いのだが……と思っていると。いきなり須坂さんが頭を下げた。

「本日、お嬢様が本来の実力を発揮出来たのは海以様のお陰です。ありがとうございます」

「……俺の？」

「はい。お嬢様が変わった時。視線の先に居たのは海以様でした」

……だから俺だと分かったのか。

いや、待て。それでもおかしい。

「で、ですが。舞台からそこそこ距離はありましたし、俺ではない誰かを見ていた可能性とかは考えなかったんですか？」

「いいえ、考えませんでした。もう一つ理由があるんですよ」

須坂さんはニコリと柔らかく笑う。見ているだけで安心してしまいそうな笑みだ。

「海以様はあの会場に居た誰よりも……誰よりも、お嬢様に見蕩れていらっしゃいました。ですから分かったんですよ」

「ッ……」

その言葉に俺の顔が熱くなった。後ろで瑛二達がニヤニヤしているのが見なくても分かる。

「お礼を申し上げたかったのです。最近のお嬢様はとても楽しく過ごしていらっしゃるんです。あんなに楽しそうに……昔のように話していただけるお嬢様は何年ぶりでしょうか」

須坂さんは懐かしそうにどこか遠くを見つめていた。……かと思えば、須坂さんはじっと、真面目な表情で俺を見てきた。

「恥を承知で一つお願いしたいことがあるのです」

「……？　なんでしょうか」

いきなりお願いと言われてもピンと来なかった。須坂さんはそんな俺に説明をしてくれる。

「お嬢様は旦那様と奥様……お父様とお母様に大変感謝しております。自身を拾っていただき、その上大切に育てていただいたことへの感謝の念を強く抱いているのです」

話していてなんとなく分かってはいたが、やはりそうだったのか。それ自体は良いことのような気はするが……須坂さんは少し難しそうな表情をしていた。

「もちろんお二方も同様にお嬢様を愛されております。ですが、年頃の娘との付き合い方は難しく……旦那様の行動が裏目に出たり、お二方ともお仕事が忙しいこともありまして。すれ違いが多々あります」

「なるほど」

年頃の子が難しいという話もなんとなく、本当になんとなくだが分かる。クラスで家族との不和を話す人も少なくない。

「特にお父様は不器用な方なんです。お仕事に関して右に出る者は居ないのですが……これ以上は話がずれてしまいますね。申し訳ありません」

「大丈夫ですよ。凪からご両親の話はあまり聞いたことがなかったので」

あまり深く踏み込むのはなと思って、凪に聞いたことは少なかった。……家族に関しては本当に聞いてなかったな。なんとなく避けてしまっていた気がする。

「ありがとうございます。ですが、これ以上貴重なお時間を取らせる訳にはいきませんから」

須坂さんも大切な時間を駆使して来てくれているはずだ。大人しくその言葉に従い、続く言葉を待った。

「まだ、修正が可能な綻びではあります。ですがいつか、旦那様はお嬢様と大きくすれ違ってしまうかもしれません。そうなれば、お嬢様が深く傷付くことも十分に有り得るでしょう。それを旦那様や私に言うことも……顔に出すことすらしないはずです。その時は海以様とご友人の皆様に、お嬢様の、凪様の支えとなって欲しいのです」

須坂さんの視線が俺だけでなく、後ろにいた羽山達にまで視線を移される。その言葉に深く頷いた。

「凪が困っているのなら助けます。必ず支えになります」

「はい！　私も！」

「俺達はまだ会って日は浅いですけど。何かあれば力になりますよ」

「なぎり……凪ちゃんとはもっと仲良くなりたいですし！　力になります！」

俺に続いて、羽山達もそう言った。それを聞いた須坂さんはハンカチを取り出し、目元を拭った。

「申し訳ありません。歳のせいか、最近は涙脆くなっていまして。……もちろん私も、出来る限りお嬢様の力になりますので」

ハンカチを元の場所に戻し、須坂さんはニコリと笑う。

「本日は本当にありがとうございました。まだお嬢様から口止めされているので、海以様のことは旦那様方には話せていませんが……いつかお会いになってください。きっと、お二方も喜ぶはずです」

「は、はい。分かりました」

この気持ちに向き合うのならば、いつかは会わなければいけないな。

「こちらこそありがとうございました。それでは、また」

「はい。近いうちに会えることを心より望んでおります」

そうして須坂さんと別れる。

今日は凪の新しい一面を知ることが出来たな。……それと、自分の気持ちに関しても。

気づいてしまったから——覚悟、決めないといけないな。

蒼太達が須坂と会っている頃。——とある個室では一組の親子が向かい合っていた。

「お父様。お願いがあります」

そう告げたのはスーツを着た好青年である。歳は二十歳前後程。その表情は至って真剣であり、それに加えて緊張しているのだろう。ぐっと握った拳はしっとりと汗ばんでいた。

「なんだ？」

彼に向かい合っていたのは黒い髪をヘアワックスできっちりと固めた男性。青年の父ともなればそれなりに歳を取っていそうなものだが、その顔から老いは一切感じられない。

「……最後の演目で踊っていた女性が気になっております」

少し躊躇った後に青年が言った。迂遠な言い方ではあったが、その意味は男にしっかりと伝わっていた。

「本気か。相手が商売敵の娘だということを理解して言っているのか」

眉をピクリとも動かさずに男は言った。しかし、青年も決して視線を逸らさない。

「はい。……もしも無理ならば絶縁していただいても構いません。その覚悟は出来ております」

男は頭を抱えた。彼が本気であることは理解していたからだ。

「親不孝者で申し訳ありません。ですがたとえ絶縁されたとしても、いつか必ず恩は返します」

「馬鹿なことを言うな」

男はこの青年、実の息子を溺愛している。今、男の天秤は揺れ動かされていた。

仕事か、家族か。どちらを取るか。

しばらく経った後に男はため息を吐いた。

「それがお前の幸せに繋がるのか」

「はい、必ず」

「相手が高校生だということも理解しているのか」

「年齢は関係ありません。たとえ彼女がお父様と同じ年齢だったとしても、私はこうして頼み込んだことでしょう」

男は静かに俯いた。

「考えておこう。……いつ会っても良いように準備だけしておけ」

その呟きに青年の顔が輝いた。

「……！　ありがとう、ございます！」

——この出来事を彼らが知るのは、まだ先のことである。

凪の公演会が終わった次の日である月曜日、彼女は家に来ていた。今週はお休み週間らしく、習い事は何もないようだった。

そして、今俺と凪はソファに隣り合って座り、顔を見合わせていた。

「が、頑張ったので。ご褒美が、欲しいです」

「良いぞ」

「へ、返事が早いですね？　断られるかと思ったんですが」

「凪が頑張っているのはよく分かったからな。それに、俺もお礼がしたかったんだ。とても
――とても良いものを見せてもらえたからな」

公演会は本当に凄かった。あの経験はただ生きているだけでは出来ないものだ。

「凪のお陰だよ。俺に出来ることがあれば言って欲しい。何でもしよう」

「な、なんでも……だ、ダメですよ。気軽にそんなことを言っては」

凪の言葉に笑みが漏れてしまった。

「良いんだよ、凪くらいにしか言わないしな」

凪が酷いことをするとも思えない。そう思って言ったのだが――

「……ダメ、ですよ。そんなこと言われたら私……悪い子になっちゃいます」

小さく呟かれた言葉。しかし、静かな部屋で聞き漏らすことはなかった。

「俺の前でくらい別に悪い子になっても良いんじゃないか？　それで凪を嫌ったりしないし」

「い、言いましたね？　ほ、本当に悪い子になっちゃいますよ？」

その蒼い瞳が揺らぎながらも、まっすぐに俺を見つめてきた。それをまっすぐに受け止め、
俺は頷く。

凪は欲があまりない。最近やっと、少しずつ見せてくれているが。

——だけどまだ足りない。もっと彼女のことを知りたかった。

「じゃ、じゃあ。言いますよ？　言っちゃいますからね？」

「ああ。何でも良いよ」

胸の前で拳を握る凪。その淡い桃色の唇が震えながらも開く。

同時に、彼女は小さく腕を広げた。

「——ぎゅって、してください。強く、抱きしめて欲しいです」

……。

これは、予想していなかったな。予想していなかったが。

「ああ、分かった」

断る理由はなかった。

その小さく広げられた腕ごと彼女を抱きしめた。

白く細い腕が背中に回され、ぎゅっと抱きしめられる。それに応えるように、俺も抱きしめる力を強めた。

体全体に暖かく柔らかい感触が伝わってくる。早くなっていく心音を聞かれるのが恥ずかしくも、その奥から重なるようにとくとくと鼓動の音が聞こえてきた。

それが凪のものだと分かり、同時に彼女が笑った。零れた吐息が肩から背中をくすぐってくる。

「蒼太君の心臓の音、凄く安心します」

「ああ、俺もだ」

彼女の手が触れた背中から、抱きしめられた箇所から彼女の体温が伝わってくる。

そのサラサラな髪が手をくすぐってきて、彼女の甘い匂いで脳が痺れていく。

「蒼太君」

「なんだ？」

「……ふふ、なんでもありません」

その口が開く度、肩におかれた顎が動いて少しくすぐったくなった。

何かを言おうとしたのか、それともなんとなく呼んだのか。俺には分からない。でも、分からなくても良いかなと思っていた。

この心臓の音が、彼女の暖かさが——その全てが伝わってくるような気がしたから。

その時間がいつまでも続けば良いのに——と思っていたら、気がついたら一時間もそうしていた。凪も時計を見て、そして満足したのか体を離した。蒼い瞳と目が合って、お互い頬が緩んだ。緩んだ頬のまま、彼女は薄い唇を開いた。

「次は蒼太君の番ですよ」

「俺？」

「蒼太君へのご褒美です」

　その言葉に首を傾げた。凪は頑張っていたから理由があるが……俺は何もしていない。

「蒼太君が来てくれたから、私は頑張れたんですよ」

「頑張ったのは凪だよ。俺は何もしてない」

「来てくれたじゃないですか。公演会に」

　白魚のような指がちょん、と服をつまんできた。その顔は真面目……というか、少し必死なようにも見えた。

「蒼太君は知らないんです。私がどれだけ――何度、貴方に助けられたのか」

　ぐいっとその顔が近づいてくる。手がそっと動き、胸の上に置かれた。

　胸に直接伝わってくる彼女の体温。自身の鼓動がより鮮明に聞こえてくる。

「蒼太君の隣は私が唯一自分を曝け出せる場所なんです。あの日、蒼太君が来てくれたから
……いいえ」

　その手が更に上へと上がってくる。もう一つの手も伸びてきて、両の頰が包まれた。

　陽を反射した海のような瞳。それに見蕩れていると、細く長い指に頰をくすぐられた。

「蒼太君と目が合ってから、私はもっと良い舞をすることが出来たんですよ。あの後、先生に褒められたんです。『一皮むけて、更に綺麗になりましたね』と」

「……そう、だったのか」

「はい。『良い出会いをしたのですね』とも。ですから、私は蒼太君が考える何倍も蒼太君に助けられてるんですよ」

——その指が何度も頬を優しく撫でてくる。

——凪の甘く、優しい匂いが鼻腔をくすぐってくる。

「感謝、という言葉では言い表せないくらいです」

——鈴を転がすように綺麗で、山の湧き水のように透き通った声。それが鼓膜を通じて脳を揺さぶってくる。

全身、至る所で凪を感じられてどうにかなってしまいそうだった。でも、それだけで彼女は終わらなかった。

「なので、蒼太君にもご褒美が必要なんです。何でもおっしゃってください。文字通り、何でも良いですよ」

——その言葉は俺に甘すぎる、劇毒とも呼べるものだった。

「そ、そういうことは……あまり、言わない方が良い」

喉の奥からその言葉を振り絞り、どうにかそう告げた。掠れないようにするだけで精一杯だった。

彼女の言葉が強く脳内に響く。……やっと意識してきた矢先に『何でも』と言われては、良くないことを想像してしまう。

恥ずかしくなって目を逸らそうとするも、その瞳から逃げることは出来ない。彼女はくすりと小さく笑った。

「良いんですよ。蒼太君ぐらいにしか言いませんからね」

その言葉に目を見開き、続いて笑みが零れてしまった。

「一本取られたな」

「ふふ。先程の私の気持ち、分かってくれましたか？」

「ああ。確かにこれは困るな」

そこでやっと凪の手が外された。ホッとしながらも、少しだけ頬が涼しくなってしまったのを寂しく感じてしまう。

「何でも良いですよ。私に出来ることならば、何でもします」

改めて告げられた言葉にまた心臓が嫌な音を立て始める。いや、ダメだ。これは凪に信頼されている証なのだ。しかし――

「添い寝とかでも良いですよ」

続けられた言葉に喉が引き絞られてしまった。何か返そうとするも、口が開くばかりで言葉は出てこない。

「冗談……ではないです」

その笑みはいつも通り可憐なものだったが、目と言葉は本気のようだった。脳裏に膨れ上がる邪念を打ち消しつつ、首を横に振った。

「そ、それは止めておく。い、嫌とかじゃなくて。凄く魅力的な提案なんだが、お願いしたいことがあったんだ」

断ると凪が寂しそうな顔をして、慌てて理由を付け加えた。一瞬陰りを見せた瞳が光を取り戻し、彼女は小さく首を傾げた。

「なんでしょう？」

「あー、その。元々誘おうと思ってたんだけどな」

少し恥ずかしくなって頬を搔きつつ、覚悟を決める。

「一日、凪の時間をくれないか？」

凪の目が小さく見開かれた。

「それって――」

「ああ、凪。俺と……」

高鳴る胸に呼吸が浅くなる。やけに口が渇き、深呼吸を挟んだ。

「俺と遊びに行って欲しい」

「……！　それって、で、デートってことですよね！」

彼女の言葉に強く心臓が打ち付けられた。それを誤魔化すように……小さく頷いた。

「是非、行きたいです。蒼太君とのデート」

楽しそうに呟く凪。その姿を見ていると、だんだん心臓が落ち着き、心が暖かいもので満たされていく。

「良かった」

心の底から安堵し、息を吐く。断られる可能性は低いと思っていたが、やはり受け入れられると嬉しい。

「蒼太君とのデート、楽しみです。目的地はもう決めているんですか？」

「その、ベタではあるんだが……遊園地に行こうと思って」

「遊園地！」

凪の目が子どものようにキランと輝く。どうしたのだろうと思っていると、彼女は少し恥ずかしくなったのかこほんと咳払いをした。

「じ、実は行ったことがなかったんです。遊園地」

「そうだったのか？」

「はい。その、小さい頃に両親から誘われたことはあったんですが。その多忙さは幼いながらに理解していたので断ってしまって……」

「そう、だったのか」

具体的な年齢は分からないが、気持ちを押し殺して両親を気遣う姿は簡単に想像が出来てしまった。

「じゃあその分一緒に楽しもう」

「はい！」

そう凪へ返しつつも、ふと思ってしまう。

いつか凪も両親と一緒に色んな場所へ行けると良いな、と。

次の週の土曜日。約束の日となった。

先週は凪のおやすみ週間であったので今日になったのだが……先週の土曜を過ぎた辺りから、彼女の気分が少し優れないように見えた。土曜日に父と大事な話をしたと聞いた後からだ。

少し不安に思って日をずらすか聞いたものの、凪は頷かなかった。『絶対に日はずらしません』と。なにかあったか聞こうとしても、彼女は迷った後に話さないことを選んだ。無理に聞かない方が良いのだろうと、俺もしつこく聞くことはしなかった。

痺れる手をぐっぱっとし、緊張で痺れた手に血を巡らせる。そうしていると、すぐに凪の待っている駅のホームへ着いた。窓越しに見えた雪のような白髪に緊張が緩む。

「おはようございます！　蒼太君！」

「お、おはよう、凪」

凪(なぎ)はいつも通り……というか、いつも以上に元気いっぱいであった。少し心配だったが、大丈夫のようだ。

もう冬が近く、とりわけ今日は寒い。凪(なぎ)は焦げ茶色のコートに黒いニット帽を被(かぶ)っていて、暖かそうな服装をしていた。

「服、似合ってるな」

「……！　ありがとうございます。蒼太(そうた)君もとてもお似合いですよ」

「ああ、ありがとう」

俺の格好は黒いジャケットに冬用のデニム。今日に合わせて服は新調していた。

「よし、行くか」

「はい！　楽しみですね！」

「……ああ。楽しみだ。楽しみすぎて昨日はよく眠れなかったな」

「ふふ、私も眠れませんでした」

凪(なぎ)が微笑(ほほえ)む。――その笑みが少しだけぎこちなく見えるのは俺の杞憂(きゆう)だろうか。

一抹の不安を覚えながらも、俺達は電車へと乗り込んだのだった。

「わあ……！　凄く広いですね！」

「初めて来たが、本当に広いんだな」

遊園地は駅からかなり近くにある。そこを見て凪ははしゃぎ、早く行こうと袖を摑んで催促してくる。

そんな彼女と共に入場の列に並んだ。

「でも意外でした。蒼太君なら遊園地は行ったことがあると思っていましたので」

「ん？　……ああ、俺の家は田舎の方にあったからな。周りに遊園地とかはなかったんだ」

動物園や水族館は小さい頃に行ったことはあったが、遊園地はなかった。

「ほら、遊園地って年齢とか身長で入場制限があるアトラクションがあるだろ？　本当は俺が中学生くらいになったら行こうと話していたんだが、その時期から丁度父さんの仕事が忙しくなってな」

「なるほど、そういうことでしたか」

列を見るも、受付まではまだ時間がかかりそうだ。凪へと視線を戻し、ふと疑問に思ったことを口に出す。

「そういう凪は……あー、遊園地以外で行った所はあるのか？　動物園とか」

「一度だけ家族と動物園に行ったことがありますよ。私があのお家に来て一年後くらいのことですね。他は……断っちゃいましたね。遊園地と同じ理由で」

「……そうだったのか」

しかし、凪の両親は忙しい中でも動物園に行ったとも言える。他のレジャー施設に誘っていることからも、凪のことを全く考えていないという訳ではないだろう。

でも――

「それなら、これからも色々な所に行ってみないか？」

これから先、凪と色んな所を見て回りたいと思った。水族館とか美術館なんかも楽しそうだ。日本舞踊に関係する美術館ならば特に。

そう思って告げた言葉だったのだが――凪の顔が一瞬固まった。瞬きを終える頃には戻ったものの、それを見逃すことは出来なかった。

「そう、ですね。行きたいです」

ニコリと笑ったその笑みはどこか陰りがあるような……そんな気がした。気のせいかもしれない。だけど、気になってしまった。

「どうか、したのか？」

純粋に、凪が心配だったから。

やっぱり無理をしているんじゃないかと不安になってしまう。

凪は一瞬目を見開いた後、ニコリと笑った。

「少し、精神的に来る出来事がありまして。ですが、蒼太君と遊べばすぐに……忘れられるはずです。ですから、大丈夫ですよ」

「……そうか」

具体的なことは言わない。言いたくないのだろう。

それならば、俺がやるべきことはただ一つだけだ。

「たくさん楽しもうな」

ずっと裾を摑んでいた手に指を触れさせる。凪の指が裾から離れるも、指から離れることはなかった。

その手を握ると凪が目を細めて笑い、強く握り返してくれる。

「今日はいっぱい、いっぱい楽しみます！」

そう言って彼女は嬉しそうに一歩近づき、肩を寄せてくれたのだった。

遊園地に入ってまず俺達が向かった場所。そこは迷路であった。

「なるほど。こちらは元の場所に戻る道でしたか」

「反対の方が正解だったな」

凪とパンフレットを見つつ、最初はどこに行きたいか尋ねると真っ先にここを指さされたのだ。迷路はこの遊園地の中でも一番大きな建物で、かなり本格的な作りとなっている。行きたい所の一つだったらしい。

そして、実際彼女はかなり楽しんでくれているようだった。俺も結構楽しかったりする。

頭の体操になるのはもちろんだが、それに加えて──

「ふむ。全体像が見えてきましたね」

真剣な表情で考える凪を見るのは好きだったから。

顎に手を当て、どこを見る訳でもなく視線は遠くを見つめている。……無意識なのか、手をにぎにぎとしていた。

その仕草が愛らしく、見ていて飽きないのだ。

「……？」

凪は俺と目が合うと、ニコリと笑い返してくれる。

その一つ一つの仕草がちょっと可愛すぎると思う。思わずほうと息を漏らしてしまうくらいに。

「では先程の道に戻りましょうか」

「ああ。分かった」

そんな凪に手を引かれ、迷路を突き進む。

そのまま無事、俺達はゴールをしたのだった。

◆◆◆

先程とは反対に、今度は俺が凪の手を引いていた。

どうしてなのかと言うと——ここがお化け屋敷だからである。

「大丈夫か？　凪。その、本当に怖かったらギブアップしても良いんだぞ？」

かなり暗い部屋の中。かろうじて見える凪にそう問いかけるも、彼女はぶんぶんと首を振り、
同時に雪のように真っ白な髪も揺れて肩をくすぐってきた。

「い、いえ！　わ、私が言い出したことなので！」

凪はそう言いながら俺の手……というか、腕全体を抱きしめていた。

非常によろしくない状況なのだが、俺としても怖くない訳ではない。ホラー映画とかは好き
だが、怖いのを楽しむ口なのだ。

その時ヒヤリと冷たい物が頬に触れ、肩を跳ねさせてしまった。凪も釣られてビクリと体を
跳ねさせた。

「そ、蒼太君⁉　どうされたんですか⁉」

「い、いや。何かが頬に……」

振り向いても誰も居ない。腕に当たる柔らかい感触が強くなり、肩に暖かいものが乗ってき

た。見ると、凪の抱きしめる力が強くなっていて、ほっぺたを肩に押し当てていた。

「う、うぅ……い、行きましょう！　蒼太君！」

「無理はするなよ？」

「だ、大丈夫です！　いざとなれば、きっと蒼太君が守ってくれるはずですから！」

自然と口から出たのだろう。凪を見るも、もちもちとしたほっぺたを押し付けたまま前に歩こうとしていた。

そんな凪を見て……こんな状況なのに、少しほっこりしてしまったのも束の間のこと。

いきなり足を手で掴まれ、俺達は走り出したのだった。

公園にあるベンチに座り、一息つく。凪が胸に手を当て、大きく息を吐いた。

「ふう……中々濃い時間を過ごせましたね」

「そうだな。高校生になって初めて怒られた相手が先生じゃなくてお化け屋敷のキャストさんになるとは思わなかったが」

お化け屋敷は危ないので走るのが禁止である。脱出した後に注意されたのだ。

凪が苦笑いをし、自分の膝の上に置いた鞄から二つの包みを取り出した。

「それじゃあお昼、食べましょうか」

「ああ、ありがとう」

ここは食事がとれるスペースである。この遊園地、飲食物の持ち込みが可能でありながら、公園まで付いているのだ。ちょっとしたピクニック気分でお昼を食べられる。

「……蒼太君のお弁当をこれまで作っていましたが、一緒にお弁当を食べるのは初めてですね」

「そういえばそうだな」

学校が違うので当たり前なのではあるが、少し不思議な感覚だ。

「今日は蒼太君の大好物をたっぷり入れたので、いっぱい食べてください」

「ああ、ありがとう。開けても良いか？」

「はい！　もちろんです！」

凪にお礼を告げ、許可を取ってから蓋を開ける。

「おお……！」

ハンバーグに唐揚げ。甘辛く炒めたであろう野菜炒めに白米。

全て俺の大好物であった。

見ると、凪もお弁当箱の蓋を開けてニコニコと嬉しそうに俺を見ていた。

手を合わせると、凪も同様に手を合わせてくれる。

「いただきます」

そうして、俺達はお弁当を食べ始めた。

「……！　美味しい！　すっごく美味しい、凪！」

「ふふ。良かったです、気に入っていただけて」

凪も嬉しそうに弁当を食べ、「うん、美味しいです！」と頬を緩ませた。

そこそこの量があったはずのお弁当はすぐにぺろりとたいらげてしまった。

「ご馳走様でした」

「お粗末様です。本当に蒼太君は美味しそうに食べてくれますね」

「美味しかったからだよ。本当に」

そして、満足出来る絶妙な量だった。

「ありがとう、凪。凪のお陰でまた食事の楽しさを思い出せたよ」

凪と出会うまでしばらくの間、食事は事務的なものだった。改めて感謝を告げると、彼女は柔らかく微笑んだ。

「どういたしまして、ですね」

しかし――やはりその笑顔に陰りがあるように見えたのは、俺の気のせいなのだろうか。

「ジェットコースター。初めて乗ってみましたが、楽しかったです！」

「ああ。俺も楽しかった」

お昼を食べてからも色々なアトラクションを楽しんだ。しかし、楽しい時間は早く過ぎていくもの。日も傾いてきており、あと一つアトラクションに乗れるかどうかという時間となっている。

気がつけば、その蒼い瞳と視線を交わしていた。

「最後に乗りたいアトラクションがあるんだ」

「……偶然ですね。私も蒼太君と乗りたかったアトラクションがあったんです。多分、同じだと思います」

そこで会話は終わる。俺達は手を繋いで示し合わせることもなく歩き始めた。

着いた場所は――観覧車であった。

「観覧車。昔から乗ってみたいと思ってたんです」

「俺も……乗ってみたかったんだ」

心臓の音が邪魔し、自分が発した言葉だというのに上手く耳に入ってこなかった。

ここまで来たなら後戻りは出来ない。いや、後戻りするつもりもない。

覚悟は既に出来ていた。……それはそれとして、緊張はするものだな。

不思議と、列に並ぶ頃には会話は減っていた。

ああもう、凪(なぎ)の顔が見れない。手、汗ばんで気持ち悪くなっていないだろうか。それすらも分からなくなっていた。

列に並んで三十分。何かをするには短い時間だが、何もしなければ長く感じる時間。

その間、俺と凪(なぎ)は一言も発さずにいた。緊張で彼女の顔を見ることも出来ない。呼吸が浅くならないように、何度も小さく深く呼吸を繰り返していた。

長くも短くも思える時間。

そして、遂(つい)に観覧車に乗り込む時間が来た。

「ご乗車の際は転ばないようお気をつけください」

「ありがとうございます」

先に凪(なぎ)が乗った。続いて俺も乗り込む。その間ずっと手は握られたままだった。

やはりというか、想像していた通り中はそこまで広くない。多くとも四人程度しか座れないだろう。

凪(なぎ)と横並びに座り、どうにかぐちゃぐちゃになっている思考をまとめようとした。先程から整理を試みているのだが、心がざわついているせいか上手(うま)くいっていない。

どのタイミングで言うべきか。やはり頂上なのか。それまで何を話すべきなのだろうか。断られたらどうしようか——と、その時一つの違和感に気づいた。

観覧車の中の空気がおかしい。糸を引き絞ったような緊張感で満ちていた。

「凪？」

——三十分振りにやっと、凪の顔を見た。

こんなに彼女と顔を合わせていなかったのはいつ……いや、出会ってからだと初めてかもしれない。その事実に驚き、そして凪の顔を見て俺は更に目を見開くこととなった。

凪はじっと、張り詰めた表情で俺のことを見つめていた。

「蒼太君」

その言葉からは柔らかさが消えている。ずっと、俺が見るのを待っていたのかもしれない。

「お話があります。——とても、大切なお話が」

冷や水を浴びせられたように頭が冷たくなった。その冷たさは水が肌を伝うように背中まで広がっていく。

嫌な予感がした。

凄く、嫌な予感が。

凪の蒼く綺麗な瞳が俺の顔を、目を、じっと見て離してくれなかった。

「蒼太君、実は、ですね」

その言葉の続きを聞きたくなかった。

胸がざわざわとして、内臓を直接撫でられるようだ。

何を言うのかも見当がついていないというのに——耳を塞ぎたくなった。

いつものように柔らかい声が聞きたかった。笑って欲しかった。

言葉を被せようかとも思ったが。そうするべき場面ではないと直感が訴えかけてくる。

聞きたくないのに、聞かなければならない。

相反した思いが胸中で戦っていた。

そして、俺の予感は——


「今日が蒼太君と会える最後の日なんです」


——最悪の形で的中してしまった。

自分の耳を疑う。そんなことすら出来なかった。

頭の中が真っ白になって、何も考えられなかったから。

思考をやっと始めた頃には数十秒……いや、もしかしたら数分は経っていたかもしれない。

「今、なんて言った？」

俺の声は酷くしわがれていて、聞き取りづらかっただろう。

けれど凪はそんな素振りを見せず、淡々と言葉を繰り返す。

「――今日限りで、私は蒼太君と会えなくなります。そう、言いました」

――聞き間違いであって欲しいと願った、その言葉を。

しかし……その蒼い瞳と言葉はまっすぐなものだった。嘘ではないと告げるように。

色々な考えが脳裏に浮かんでは消えていく。

だめだ、思考がまとめられない。

「……理由を。理由を聞いても良いか」

どうにかその言葉を絞り出した。凪は頷き、俺の冷たくなった手を握り返した。彼女の手も冷たくなっていた。

「とある方と、婚約することになりました。……正確にはまだなっていないのですが」

その言葉は、水の中から聞こえるようにくぐもって聞こえた。

内臓をぎゅっと握られたような吐き気に襲われる。どうにかそれを堪えながら、ぐちゃぐちゃになった脳に刻み込む。

「つづけて、くれ」

「相手は、とある会社の社長の息子……今年で二十歳だったでしょうか。以前の公演会で私を見つけ、一目惚れしたようでした」

歳上。そして、社長の息子。

いくら回らない頭でも理解出来てしまった。

「言っていませんでしたが。私のお父様は事業家、具体的に言えば、着物に関する事業……その中でも海外に向けたものを中心に展開しています。そして、相手は国内でも有数の着物会社を経営しています」

「……そういうことか」

色々と合点がいった。いってしまった。

凪が日本舞踊や茶道、華道に精通していたのも——そういった理由があったのかもしれない。和服は海外でも人気であり、海外へと向けたアピールを兼ねていたのか。

「先週の土曜日、お父様から話があったんです。相手から出された条件は『来週の日曜に縁談を行う。そして婚約まで結ぶのならば、東雲グループの会社に吸収されよう』……もう少し複雑ではありますが、嚙み砕くとこういう意味になります」

「……凪の、意思は」

「私がしたいと言ったのです」

俺はさぞ酷い顔をしていたのだろう。

凪は微笑んでいたものの、その笑みはどこか痛々しい。それでも彼女は決して目を逸らさなかった。

「……私は変わることが出来ませんでした」

小さくそう呟いて、氷のように冷たい手が俺の頬を覆った。

「ごめんなさい、巻き込んでしまって。……実は昔から、いつかこういう縁談が来るだろうとは思っていたんです。私はそのために、蒼太君を利用していました」

「なに、を……？」

「最初に蒼太君と話した時のこと、覚えていますか？」

凪の言葉に。俺は自然と、あの時のことを思い出して——理解した。

男性のことが怖くなって、それを克服したいと彼女が言っていた時のこと。

——時間がいつか解決してくれる。それは私も考えました。ですが、その『いつか』のせいで、私は近い将来何か大きなチャンスを逃すかもしれません。人間関係か、勉学か。もしかしたら受験とか……ひょっとしたら、それ以外の大きなチャンスなのかもしれませんね。

——私はこの恐怖心を克服しなければいけないんです。だから、貴方を信じて——私の人生を賭けてみたいと、そう思いました。

彼女が恐怖を克服したいと言っていた理由を、やっと俺は理解した。

「はい。いつか、こうして縁談が来た時に男性を怖がっていては、不利益が生じてしまいます。だから、蒼太君を利用しました」

言葉が紡がれるにつれ、震え始める。瞳に薄い膜が張る。

それでもその蒼い瞳はまっすぐに見つめてきていた。

「そのはず、だったんです」

凪の頬につう、と。一雫の涙が伝った。

「……好きになってしまったんです」

その告白はあまりにも小さな声だった。それでも、凪の言葉を聞き逃せるはずがなかった。

「ですから、私は変わりたいと思いました。お父様に言われても、正面から断ることが出来るようになろうと。そのために、決意をしたつもりでした」

凪の頬を雫が伝っていく。

「もっと、蒼太君のことを好きになれば良い。貴方以外の誰かなんて見えなくなってしまえば良い。そのためにどうすれば良いのか、羽山さんにも相談して。蒼太君には私のことを好きになって貰う……そうすれば、私はもっと蒼太君への好きを深められるはずだって、そう考えたんです」

涙はとめどなく流れる。気がつけば、指でその雫を拭っていた。

凪の手が俺の手へと重ねられる。

「そんな、蒼太君の優しいところが大好きです。……蒼太君に好きになって貰おうと頑張って。蒼太君のことをもっと知って、もっと好きになって。いつか、縁談の話が来るまでにお父様達に紹介する。縁談の話が来ても『好きな方が居る』って、言おうと……していたんです」

それ以上涙を拭おうとしても、彼女の手に強く握られて叶わなかった。

「だめでした。想像しうる中で一番最悪な結果を、私はこの手で選んだんです」

「凪は、どうしてそこまで……断れなかったんだ」

「お父様とお母様のことが大好きだからです」

間髪を容れることなく凪は答え、むりやりに笑う。それはとても歪な笑みであった。

「お父様とお母様には多大な……それはもう、一生を掛けても返しきれないほどの恩があります。ですから、私は選んだんです。家族と蒼太君を天秤にかけて」

涙が溢れる目と目を合わせると、心が締め付けられて痛くなる。

「……俺が介入する余地はないのか」

「ありません。……私は何を言われようと、変えません。もう変えられないところまで来たんです」

その瞳は滲んでいても、ぶれることはない。覚悟が決まっていた。

誰が何を言ったとしても心変わりはしないと、そう伝えてくる。

俺が引き留めたところで凪が傷つくだけだと、そう悟った。

「全部、私が悪いんです。何もかも中途半端で終わらせてしまう私が。……本当は、もっと早く蒼太君に伝えるべきだということも分かってたんです」

その蒼い瞳が陰り、彼女は初めて俯いた。

「蒼太君に伝えるのが怖かった。会ってしまえば自然と心が安らいで、嫌なことなんて全部忘れてしまって……明日言おうを繰り返して、今日に至りました」

重ねられていた凪の手が離れた。それと同時に、彼女の頬から俺の手が落ちてしまう。

「私を恨んでください。蒼太君」

凪は拳を握り、胸に重ねた。強く握っているからか、かすかに震えていた。

「私をいっぱい、いっぱい恨んで、こんな女、もう知るかって。忘れてください。……いえ、ごめんなさい。優しい蒼太君がそんなこと出来るはずないって分かってます。そうだったら楽だったなって……本当に嫌な女ですね、私は」

凪は首を振って立ち上がった。

もう、観覧車は終わってしまうからだ。

「あと一つだけ。最後に伝えたいことがあるんです」

観覧車から降りて凪が歩き始める。俺はそれに続いた。

会話はなかった。出来なかった。何を言えば良いのか分からなかった。

適当な場所。人通りの少ない場所で、凪はまた話し始めた。

くるりと振り返り、凪は二コリと笑った……つもりなのだろう。その頬は引き攣っていて、『笑った』と、そう呼んで良いのか分からなかった。

「蒼太君は絶対、幸せになってください。蒼太君なら絶対に、私なんかよりずっと、ずっと良い人が現れます」

——嫌だ。

「それで、その人と幸せになって。私よりもっと、ずっと幸せな家庭を築いて……くだ、さい」

——やめてくれ。

そう叫びたかった。でも、声は出てこない。空気が喉を通るだけで、声にはならなかった。

「蒼太君の子ども、ほんとに可愛い子になるんでしょうね。蒼太君は凄く良いお父さんになって……お休みの日は一緒に遊んだりして」

声がどんどん小さくなる。

「いや」

小さく、彼女は首を振る。同時にその頬を大粒の涙がこぼれ落ちた。

「……本当はいや、です。その中に、私が居ないのは……いや、です」

唇を強く噛んだ。鉄の味がして、それでも力は緩められなかった。

――十年後。凪の隣に俺ではない誰かが居るなんて。

「おれ、だって、いやだ」

やっと出た言葉はとても弱く、情けないものだった。

「いや、だよ……凪と一緒に居られないのは」

絶対。絶対に嫌だ。

それでも……俺がどれだけ言おうが、凪の心を締め付けるだけだと分かって、何も言えなくなってしまう。

凪の決意は固いのだと、分かっていたから。彼女の決意は揺るがないと知っていたから。

「やっぱり蒼太君は優しいんですね」

凪は涙を拭うことなく――目を合わせてきた。

「弱い私でごめんなさい」

そう言って、凪は一歩俺に近寄った。

目の前に凪の顔が近づく。

膜を張った蒼い瞳が、それでも俺をじっと見つめて。

「卑怯で、ずるい私でごめんなさい」

彼女は笑った。今度こそ、いつものように。柔らかな笑みを見せ――

「最後の思い出、貰いますね」

柔らかく、暖かいものが唇に触れる。

それは一瞬の出来事であった。

凪は下がり、顔を手で拭った。再度俺を見た彼女の顔は、まだ笑顔のままだった。

「この初めては、これだけは絶対に蒼太君にあげたかったんです」

「な、ぎ」

「蒼太君」

伸ばしかけた手は、凪の呼びかけと共に力が入らなくなってしまった。

「ごめんなさい。——そして、ありがとうございました」

本当に凪は卑怯だ。

「どう、いたしまして」

俺と凪を結びつけてくれたはずの言葉。それを、彼女との別れのために返す。

凪は俺の言葉に笑みを深めた。

「蒼太君に幸せな未来が訪れることを心の底から、誰よりも願っています」

凪がくるりと振り返り、背を見せた。

「さようなら、蒼太君」

初めてのキスは、酷く苦いものであった。

「……凪の隣じゃないと、もう幸せなんて思えないんだよ、俺は」

ぽたりと、唇から流れ落ちた血が地面を汚した。

頭が痛かった。
薬を求めてベッドから起きる。
……あれ。俺、どうやって帰ったんだっけ。
まあ、いいか。そんなこと、どうでも。
鳴り止まないスマートフォンの電源を切る。今は誰とも話したくなかった。
痛み止めを飲んで、自室のベッドに……戻る気力も残っていなかった。
大人しくソファに倒れ込む。
何が最善だったのか分からない。
何も分からない。分かりたくない。
このまま眠って消えてしまいたい。
段々と訪れてくる眠気に逆らわず、瞼を閉じる。

このまま意識を落としたら、二度と起き上がれないのかもしれない。冗談ではなく本気でそう思いながらも、俺は眠りに――

――ピンポン

インターホンの音に意識が呼び戻された。だけど、もう玄関まで行く気力はない。

配達を頼んだ覚えもない。……申し訳ないが、居留守を使わせて貰おう。

――ピンポン

インターホンの音が再度鳴る。セールスだろうか。

……それとも宗教勧誘か。無視しよう。

――ピンポン

……

――ピンポンピンポンピンポンピンポンピンポン

鳴り止まないインターホンの音。

ため息を一つ吐いて、ゆっくりと立ち上がった。

こんな夜に一体誰なんだと。

重い足を引きずり、誰なのか確認するのも億劫になって扉を開けると――

「……瑛二？」

来るはずがない、瑛二の姿がそこにはあった。

「よお、蒼太。来たぞ」

一週間前。

土曜日のお昼過ぎ。私はお父様に話があると呼び出されていた。それはとても唐突なことだった。

お昼ご飯は家族そろって一緒に食べた。その時に自室に来て欲しいと言われ、何の話だろうと思いながらも私は頷いたのだ。

お父様の部屋へと向かい、扉をノックする。

「凪です」

「入ってくれ」

「失礼します」

少ないやりとりの後に私は部屋へと入る。

お父様の部屋はとても簡素な洋室となっていた。……物は少ないけれど、目を惹く場所がある。それは仕事机とソファだ。

机は自分の部屋でもお仕事が出来るようにと設置したらしい。机が一緒だと気分が引き締まるし、なにより体に合っているとのこと。そして、ソファは自分が使うのではなく私やお母様、そして来客者用の物だ。

お父様はその机の前に居た。私が入ってきたのを確認して立ち上がり、ソファへと座った。

……一枚の紙を持って。

「そこに座ってくれ」

「はい」

私はお父様の隣へと腰掛けた。何を話されるのか考えてみるも、さっぱり分からなかった。

ただ少し、心がザワついていた。

お父様が一つ咳払い(せきばらい)をし、ちらりと視線をこちらに向けてくる。

「……凪(なぎ)。最近、高校生活を謳歌(おうか)していると須坂(すざか)達から聞いているが。楽しいか？」

「はい。楽しく過ごせております」

特に誤魔化す必要はない。以前話した時から変わりないか、ということだろう。蒼太(そうた)君……ではなく、お友達のことはお父様にも話しているし、須坂(すざか)さんにも口止めはしていない。

そして——お父様は眉を下げて手を組み、少し言いにくそうに口を開いた。

「そうか。……その、好きな人とか。出来たりしているか？」

心臓がバクンと嫌な音を立てた。表情が一気にこわばってしまい、返事が遅れてしまう。

「――質問の意図が理解出来かねますが」

違う。

違うでしょう。

『居ます』と答えるべき場面だ。理由を聞かず、ただ質問に答えれば良いはずだったのに。

拳を握りながらお父様の言葉を待つ。待ってしまう。

「いや、なんだ。凪に縁談の話が来ていてな」

――縁談。

その言葉に頭の中が真っ白になってしまった。

「まだ凪も高校一年生だ。私は早いと思っているんだが」

心臓が止まってしまうかのような衝撃と同時に……ついに来てしまったかという思いが頭の中を駆け巡る。

不思議と私の心はすぐに落ち着いた。落ち着いて尚――

「お相手は誰なんでしょうか」

私はそう、聞いてしまった。

違う。これ以上話を聞くべきじゃない。

でも、まだ相手が……お父様のお仕事に影響が無い相手なら。

そんな私の一縷の望みも――

「ああ。南川陽斗さんだ」

潰えてしまった。

「南川、とは、あの？」

「ああ。私も驚いたよ」

国内を中心に、着物や日本芸能文化の保全を主に行っている企業。その企業の代表が南川という名字だったと記憶をしていた。

そして、その企業は着物を海外へと大きく展開しているお父様のライバル会社であった。

これ以上話を聞くべきではない。早く、断らなければいけない。

そして、好きな人が居るって、蒼太君のことを話すんだ。

話さないといけないのに、思うように口は動かない。

「……どうしてまた、そんなことに」

「凪がこの前出ていた公演会だ。そこであちらの息子さんが一目惚れしたそうだ。調べたが、向こうの息子さんは誠実でとても良い人のようだ。これがプロフィールだ」

お父様が手に持っている紙を見せてくれた。履歴書のようだ、写真は若い好青年という風貌……顔は整っていると思う。その下には学歴や実績とか、資格の一覧が載っていた。

だけど、相手の性格や容姿、能力なんて私にはどうでもよかった。

私が好きなのは彼ではなく——蒼太君なのだから。

だから、蒼太君のことを言わないと。

早く言わないといけないのに。

「しかし、お父様。……ライバル関係にある会社とは。色々と厳しいのでは？」

どうしてこの口は思い通りに動かないんだ。

「ん？　ああ……会社の話はあまり凪に話したくないのだが」

今思えば、これが最後のチャンスだったのだと思う。

「聞かせてください」

——引き返すチャンスを私はふいにした。

お父様は少し悩んだ素振りを見せた後、話し始める。

「実は向こうが条件を出して来たんだ。もし受けてくれるのならば来週末、日曜日に縁談の機会を設けて欲しい。それだけでもかなり私の会社に旨味のあることを伝えられたんだ。……そして、もし婚約まで出来たのなら。事業の手伝い……言い方を変えると、こちらの子会社になっても良いとな」

それが破格の条件だということは、事業に詳しくない私でも理解出来た。それどころか、こちらにとって良すぎる条件。少し怖くなってしまう程に。

「怪しくありませんか」

「ああ、私もそう思って色々と調べた。……結果から言うが、彼らに野心はもうないようだった。息子のためならば仕事を……会社と比べるまでもないと彼は言っていたよ。『絶対に日本の文化は守る』、そう言っていた彼の姿はもうそこにはなかった」

それだけ自分の息子を想っていた。いや、親としてのエゴと言った方が正しい。

息子のためなら、と言っているけれど。これで不利益を被る人物は十人や二十人では済まないはずだ。

「……お父様は、裏は無いと考えていらっしゃるんですよね」

「ああ。そうだ。もしあったとしてもどうにでも出来る」

それなら――

いや、違う。

違うでしょう。

断らないと、断らないといけない。

本当に？

本当に断るの？

こんな機会、一生に一度しかないかもしれない。いや、一生に一度あるかどうかだ。これを逃せば、もうこんな機会は訪れないだろう。

つまり、これが――お父様とお母様に大きな恩を返せる最初で最後の機会。少しずつ恩を返すことは出来ても、あの会社を子会社にするような真似は私には出来ない。

逃して、良いの？

お父様の事業がこれで拡大するのなら。他のライバル会社からも頭一つ……いや、二つや三つ抜けるだろう。そうなれば、お父様は自身の夢にまた一歩近づく。

幼い頃、お父様とお母様から聞いた夢。

――着物の良さを世界中に広める。

言葉にすると少し子どもっぽいけれど、実際にお父様が幼い頃に考えた夢だからだ。

お父様が着物と日本舞踊に出会い……今は亡き師に救われたことと、衰退していく日本芸能を再燃させたいという思いを込めて会社を設立した。お母様もお父様と夢を追い、お父様を支えたのだ。

もちろん、お父様達の代で出来ることは限られている。……でも、もし私が婚約したら――

お父様は夢に大きく前進する。

――断れば、その前進がなかったことになる。

無言を貫いていると、お父様が私へと微笑んだ。……お父様が表情を崩すのはとても珍しいことだった。

「まだ高校生活は一年目だ。凪のことを考えれば早いとは思う。ただ、凪は昔から……その、男の子と接するのが苦手だったから。良い機会だとも思っているんだ。相手は節度のある大人でもあるし、怖い思いはしないだろう」

その言葉を聞いて、目を瞑る。

……私は。

違う。言わないと、いけない。……いけないのに。

蒼太君を、紹介しないといけないんだ。

でも、この機を逃すのは……恩を仇で返すことになるのではないか。

頭の中が真っ白になる。ぐらぐらと天秤が揺れ動く。

蒼太君か。

お父様とお母様か。

私は。

私は——


「分かり、ました」

頷いた。

頷いて、しまった。

「来週末、ですよね。日曜日なら、大丈夫です」

お父様は少し不安そうな顔を見せた。

「……本当に良(い)いのか？　考える時間を設けても」

「いえ。……昔から、決めていたことですから」

幼い頃。お父様に聞いたことがあった。

『私、大きくなったらお父様の役に立ちたいです。どうすればいいですか？』

お父様の役に立ちたい。でも、どうすれば良いのか幼い私には分からなくて。そう聞いていた。

『いっぱい勉強をするんだ。……そして、出来ることなら私の事業を、夢を継いで欲しい。ああ、そうだ。もしかしたら。かっこいいお婿さんが来るかもしれない。その時は仲良くするんだぞ』

『はい！　必ず。約束します！』

そう、言われたから。

約束、したから。

その通りに私は……生きてきた。

これが、お父様とお母様の幸せに繋(つな)がるのなら。

この命(人生)は、拾ってくれた二人のために使うんだ。

そう思ってお父様を見ると……私が生きてきた中で、数える程しか見たことがない表情へと変わっていた。

「そうか。……遂にこの時が来てしまったか。先方にも話しておこう。だが、もし顔合わせをして無理だと判断すれば言うんだぞ」

「……ありがとう、ございます」

お父様のこんな表情を見たのは何年ぶりだっただろう。

その表情が見られたのなら。良かった。

……良かったと、そう思わないといけない。

それから地獄のような日々が続いた。

夜、眠れない。

自己嫌悪に苛まれてずっと、蒼太君のことを考えてしまう。

蒼太君に早く話さないといけない。そんなことは分かっていた。

全て自業自得……いや、それ以上に悪い。蒼太君を巻き込んでいるのだから。

吐き気がして、吐いて。

腹痛がして、お手洗いに籠もって。

頭痛がして、倒れそうになって。

須坂さんは目敏いからバレそうになったけれど、どうにか誤魔化すことが出来た。

須坂さんには前日になるまで話さないでおこう。お父様にも、須坂さんには話さないように言った。サプライズにしたいからと。

お母様とお父様にはバレなかった。私は昔からずっと、隠すのが得意だったから。

「……」

溜息を吐くことすら許されない。許したくない。

こんな自分、苦しめば良い。人を――大好きな人を弄んだ代償としては軽すぎるくらいだ。

こんな私、死ぬまで苦しみ続ければ良いんだ。

また、電話の時間が近づいてくる。今日こそ、話そう。話さないと……いけなかったのに。

「それでは、また明日。おやすみなさい、蒼太君」

『ああ、また明日。おやすみ、凪』

私は話せなかった。電話でも、電車でも。

結局そのまま――蒼太君と遊園地に行く日が来てしまった。

やっと私は腹を括った。ううん。腹を括らざるを得なくなった。

今日、蒼太君に話す。それは確実にするべきことだ。

でも、いきなり話すと……蒼太君が楽しみにしてくれていたのに、全て台無しとなってしまう。

そして……私自身、蒼太君との最後の思い出が欲しかったから。

最低だと、浅ましいことだと分かっている。でも。止められなかった。彼と一緒に居る時間はなによりも楽しくて、不安も自己嫌悪も小さくなった。

何かあったということがバレたのは想定外だったけど……彼は追及しないでいてくれた。

それから楽しんで……いっぱい、いっぱい楽しんで。


「──今日限りで、私は蒼太君と会えなくなります」


私は彼の信頼を、全てを裏切った。

──俺は東雲を裏切ったりしない。絶対に。

そう言ってくれた彼のことを、私は裏切ったのだ。

自分を呪って、恨んだ。つい、蒼太君もそう思っていて欲しいと考えてしまった。蒼太君は絶対、そんなことを考えないはずなのに。私はまた自分だけ楽になろうとして、もっと自分が嫌いになった。

覚悟は既に決まっていた。

たとえ蒼太君が何を言ったとしても……ないとは思うけど。強硬手段に出たとしても、抵抗するつもりであった。

……とか、自分で言って笑ってしまう。ううん、笑えない話だ。

なんせ、強硬手段に出たのは私の方なのだから。

初めては蒼太君にあげたかったから。出来ることなら——ううん、これを考えるのはやめておこう。

蒼太君に別れを告げて、私は早足で去る。……絶対に振り返らない。

ずっと、大好きだった。愛していた。

もう、貴方には会えないけれど。こんな私が祈るべきじゃないと分かっているけれど。

それでも、祈らせて欲しい。

——貴方がこれからの人生で幸せになるように。

——大切な人を見つけられるように。

初めてのキスは、血の味がした。

帰ってからも一悶着あった。須坂さんだ。

須坂さんは私の話を聞いて顔を真っ青にした。そして、すぐお父様に蒼太君のことを伝えに行こうとした。

『まだ間に合います、間に合いますから』

と。

どうにか私は止めた。今から伝えられると……本当に困ったことになってしまうから。

お父様のお仕事に影響が出る。その損失は計り知れない。何度も何度も、疲れるくらい説明して。

——もう。これ以上蒼太君を傷つけたくないんです。

そう言ってやっと、納得して貰った。

泣いた跡はお化粧で隠した。夕ご飯も、お腹がムカムカしたけど。どうにか食べ切った。

お母様に訝しまれたけれど……大丈夫のはずだ、多分。

幸いにも追及されることはなかった。私はご飯を食べて、逃げるように自分の部屋へと戻った。

鳥の鳴く声に朝なのだと気づいた。眠れなかったというのに、不思議と目は冴(さ)えていた。

もう目も問題ない。少しだけ赤い気はするけど、お化粧でどうにかなる範囲だ。

鏡を見て、私は驚いてしまった。

――蒼太(そうた)君と出会う前の私と全く同じ表情をしていたから。

【氷姫】。

最初に誰が言ったのか分からない。自分で言うのもなんだけれど、そんな二つ名が良く似合う顔だった。

その表情に感情はない。……いや、見せていないだけだ。

――そっか。もう、出すことはないんだ。蒼太(そうた)君とは会えないんだから。

首を振り、しっかりしてと頰を叩(たた)く。今日はお母様が直々にお化粧と着付けをしてくれるのだから。

時間になると部屋にお母様が入ってきて――私の顔をじっと見た。

「凪(なぎ)。少し変わりましたか？」

その言葉に驚いてしまった。

か？」

「……昨日から。少し表情が変わったように見えました。何か良くないことでもありました

「どうして、そう思われたんでしょうか？」

口を閉ざしてしまった。

少しだけ焦ってしまい、鼓動が速くなる。

「それとも……今日の縁談は本当は嫌だったんじゃ。お父さんに言いにくいのなら私が――」

「いえ。嫌では、ありません……嫌では」

私はぶんぶんと首を振って嘘をついた。嘘をつき通すしかなかった。お母様は何か言いたそうにしていたけれど……それ以上は言わなかった。

それから私は目を瞑り、お母様に化粧をして貰う。目の周りは先にお化粧をしていたからバレるか不安だったけど、何も言われなかった。

お化粧が終わると着付けまでしてもらえる。

化粧も着付けも、私はお母様から習った。だから、お母様の手際は私より断然良い。

「……はい。とっても綺麗になりましたよ。お母さんも思わず見蕩れてしまいました」

「ありがとうございま――」

姿見を見て、私は驚いた。

ああ、私のお化粧ってまだまだだったんだなとか、それよりも早く――思ってしまった。

この姿を蒼太君に見せたい。

目を瞑るとあの時の感触が蘇る。……柔らかな唇の感触。同時に広がる鉄の味を。彼の痛みを。

彼以外の誰かにこの姿を見られるなんて――嫌だ。

「凪？」

「なんでも、ありません」

だめだ、ここで……泣いたら。

だめだと分かっている。

それでも溢れ出しそうになった。

会いたい、彼に。

この姿を見せたい。

……彼の暖かな手で撫でられたい。

抱きしめられて、その暖かさを感じたい。

もう無理だと、分かっているのに。

「な、凪……？　どうされましたか？」

目を瞑って、堪えようとしても……ぽろぽろと溢れ出てしまう。

だめだ。早く、切り替えないと。折角して貰ったお化粧まで台無しに――

「えっと、えっと……凪。少し、失礼しますね」

ふわりと。甘い香りに身を包まれた。

「お、かあ……さま？」

「……ごめんなさい。私、凪がどうして泣いているのか分からなくて。話して楽になるのなら、話していただけませんか？」

その温かさは、優しさを最後に感じたのはいつだっただろうか。

いつからだっただろうか。この温もりを拒否し始めたのは。

でも、甘えてはいけない。甘える資格なんて私にはない。

誰かに甘えるなんて、私は——

ピンポン

チャイムが鳴った。まだ朝早い時間だから……これから会う人、南川さんではないはずだ。

インターホンはこの家のあちこちにある。

そのうちの一つは私の部屋の前にあった。

足音が聞こえた。……多分、須坂さん。声が部屋に漏れてくる。

「はい、東雲家使用人の須坂と申します。どちらさまで……え？」

一体誰だろうと考えている間に、困惑したような声が聞こえてきた。

まだポロポロと零れる涙を指で押さえながら、自然と耳が外に向いていた。

「――海以様？」

二度と、聞くことがなかったであろう彼の名字。体が固まり――胸の奥底に閉じ込めたはずの燃えさしに赤みがさした。

土曜日、夜。

「よお、蒼太。来たぞ」

「……瑛二？」

扉を開けると、そこに居るはずがない瑛二の姿があった。

「何回も電話掛けてたのに出なかっただろ。嫌な予感は……合ってたみたいだな。それにしてもひでえ顔してんな、おい」

瑛二は俺の姿を見て眉を顰めた。

ああ、そうか。俺、帰ってすぐ寝たから、服も髪もぐちゃぐちゃだったんだな。

「……色々、あったんだ。しばらく一人にして欲しい」

「させるかよ。今一番一人にしちゃいけねえ人物だろお前」

瑛二はそう言って俺の肩を摑んだ。

「話聞かせろ。全部、一から十まで全部吐け。絶対に力になるから」

まっすぐに、俺の目を見て。そう言われる。

——どうしたんだよ。なんかあったなら話してみてくれよ。力になるぜ？

彼と出会った日のことを思い出し、拒絶しかけていた手の力が失われる。

「……とりあえず入ってくれ」

自分でも驚くほど弱々しい声。俺は瑛二を部屋の中へと入れた。

「飲み物は……買ったものだが、お茶とコーヒー。どっちが良い？」

「じゃあお茶で」

「分かった」

来客用のカップにお茶を移し、瑛二へと渡す。俺も自分のカップにコーヒーを入れて座った。

「それで？　何があった」

「……色々、だ」

「話してくれるまで帰らねえからな。絶対」

ここまで強引な瑛二を見るのは初めてであった。それに面食らいながらも、コーヒーを飲んでふうと息を吐いた。

「『今日限りで会えなくなる』……凪にそう、言われたんだ」

瑛二の眉間に皺が寄った。

「詳しく聞かせてくれ」

話してくれるまで帰らないとその目は告げていた。

しかし、どこから話すべきか……いや。瑛二のことだ。全て聞くまで帰るつもりはないだろう。

……すまない、凪。

心の中で謝りながら俺は話し始めた。

凪から聞いたことを全て。

「凪は明日、縁談を受けるらしいんだ」

公演会で凪に一目惚れをした人が居て、その相手が凪の父親のライバル企業の社長の息子であったこと。

縁談を申し込む代わりとして、凪の父親に破格の条件を突き出したこと。……それを受け入れたこと。

父親から押し付けられたのではなく、凪が自分から受けると決意したこと。その全てを伝えた。

話しながらつい思い出してしまう。

彼女の表情を、その手の暖かさを……指を伝う涙の感触を。

嗚咽が漏れる。しかし、伝えなければと俺は話し続けた。

瑛二はじっと俺の話を聞いていた。いつになく真面目な表情で。

結局、話し終えるまでに三十分はかかっただろうか。どうにか伝え終えると、瑛二はふう、と長く息を吐いた。

「止める、ってのが出来たらもうしてるんだろうな」

「ああ。……凪は覚悟を決めていた。俺の介入する余地は……なかった。なかったんだよ」

瑛二は俯き、何かを考え込んだ。一分も経たないうちにその顔は上げられる。

「……蒼太が受けたショックは俺には分からん。迂闊に分かるなんて言っちゃいけねえ。下手な同情すら出来ねえよ」

ゆっくりと、俺は瑛二の言葉に頷いた。

別に同情が欲しかった訳ではない。

瑛二はじっと目を……鋭く強い眼差しで睨むように俺を見てきた。

「だが、お前の友達……いや、親友として言わせて貰う」

違う。その眼差しは俺を見ているようで、別の誰かを見ていた。

「ふざけんじゃねえ」

酷く暗く、冷たい声だった。

「お前が話してくれて思ったんだ。お前は今まであった色んなもんを全部飲み込んで俺と友達になってくれた。だから、友達として。親友として絶対に手は抜かねえ。お前が幸せになるんだったら俺はなんだってやる。なんだって言ってやるよ」

その言葉は冷たいようで、違う。火傷をしてしまいそうな熱さがあった。

「覚悟だなんだって言うけどよ。結局は自己犠牲じゃねえか。大切な人のために自分が犠牲に、不幸になっていいなんて……そんなん、誰も幸せにならねえだろうが」

苛立ったように拳が握られ、震える。

「そんな覚悟、お前が潰しちまえば良かったんだよ」

「……出来る訳、ないだろ」

思わず、俺はそう返していた。

「瑛二の言葉は嬉しいよ。だけど、人の覚悟を無視するとか……それ以前に。凪が不幸になるとは限らないだろう」

「へえ？　お前と会う前の【氷姫】が幸せだったって言いたいのか？」

瑛二の言葉に口を閉じてしまった。

「蒼太。お前が今笑えてねえように、東雲凪も笑えてねえ。それだけは絶対に断言出来る。しかも、それは今だけじゃねえ。これからもだ」

瑛二が俺に近づいて。両手でパン、と頬を叩いた。

「【氷姫】――東雲凪は、お前以外の誰かじゃ幸せになれない。たとえ婚約相手が超絶イケメン頭脳明晰運動神経抜群の筋肉ムキムキナイスガイだったとしても、無理だ。どうしてなのか分かるか？」

瑛二の目がじっと、まっすぐに目を合わせてくる。

「【氷姫】の氷を溶かしたのは誰だ？」

強く、しかし優しい言葉。

「【氷姫】が唯一気を許しているのは誰だ？」

それが少しずつ――

心に流れ込んできた。

「【氷姫】が本当に好きな男は誰だ？」

「【氷姫】の一番は誰だ？」

その言葉にあの日の記憶が蘇る。

――一番は海以君って決めてましたから。

「分かってんだろ、海以蒼太。お前なんだ。全部お前なんだよ。【氷姫】が今まで生きてきた中でお前だけだったんだ」

ドクン、と心臓が強く打ち付けられた。

「……俺、だけ」

「ああ。お前だけだ。小中高って何百、何千の人と会っただろうが、お前しか居なかったんだ。それはお前が一番分かってるだろ」

これ以上、考えてはいけない。ダメだ。

それでも彼は、瑛二は、こじ開けようとしてくる。

「これから先、そんな奴が【氷姫】の前に何人現れると思う？ 今まではたった一人だけだった。縁談を迫ってきた相手がそんな奴の可能性はどんだけあるんだ？」

「だ、だけど。きっと悪い人じゃ……」

「悪い奴じゃねえってだけなら世の中探せばいくらでも居るだろ。逆もそうだけどな」

その言葉は、俺が彼女に言ったものと似ていて。俺はその過去から目を逸らした。

「……凪も、もう男性は怖くないだろうし」

「だから何だ。お前が居なくて【氷姫】に戻ってる可能性もあるだろうが。お前が仲良くなる前の【氷姫】は誰かと仲良さそうにしていたのか？」

言葉はことごとく否定され……逃げ場がなくなった俺はゆっくりと首を振ることしか出来なかった。

無理矢理水に浸し、ぐずぐずになったはずの燃えさしが赤みを取り戻していく。

「お前しか居ないんだよ。なあ、蒼太」

瑛二はニヤリと笑った。いつものように。

「覚悟を決めろ。自分も、惚れた相手も幸せにする覚悟を。好きなんだろうが。こんな所で折れてんじゃねえ」

閉じ込めていた扉がこじ開けられる。空気が送り込まれ、薪をくべられる。二度と点くことはないだろうと思われたそれが再燃を始めた。

「どうして。瑛二は俺にそんな風に……言ってくれるんだ」

ぽろりと疑問の言葉が零れた。瑛二はきょとんとした後に笑う。

「さっき言っただろ。親友だからだ。親友だから甘いことは言わねえ。慰めたりなんかしねえ。お前が望む未来を掴めるよう、その背中を引っぱたくのが仕事だ」

思わず俺も笑ってしまった。

――笑えた。あんなに、もう死ぬんじゃないかって思うくらい辛かったのに。

閉じ込めていた思いが溢れ出してくる。抑えつけていたはずの思いがどんどん膨れ上がる。

「瑛二らしいな」

一瞬の間をおいて、俺は瑛二の名を呼んだ。

「なあ、瑛二」

「なんだ？」

「無茶を言ってる自覚はあるか」

瑛二は大きく頷いた。やはり、ニヤリと笑いながら。

「おうとも」

「俺に出来ると思ってるか？」

「さあな。でもよ。お前がやるってんなら俺が全力で支えてやんよ」

安易に出来ると言わない。しかし、今はそれがありがたかった。

「やるよ」

馬鹿みたいなことを考えて、俺は馬鹿みたいに笑う。

本当に馬鹿げていると思う。彼女の覚悟を踏みにじって、彼女のことを幸せにしたいだなんて。

「もう、後悔しない。後悔させない。——凪を泣かせない。絶対に」

ふう、と。胸の内に抱えていたものを俺は全て吐き出した。

「手伝ってくれ、親友」

「任せろ、親友」

――このままでは終わらせない。

――泣き顔は凪には似合わないから。また、笑顔を見たいから。

まだまだ折れるには早い。

「髪形よーし！　服よーし！」

「変なところなーし！」

「朝だよ。もうちょい声抑えなって」

「おお、悪い悪い」

瑛二と西沢に最終チェックをして貰うも、その声のボリュームを羽山が注意した。

早朝。まだ七時にもなっていない住宅街。あまり大声を出しては迷惑になってしまう。

俺自身も手鏡で見つつ、思わず驚いてしまった。

「……それにしても凄いな、メイクって」

「でしょー？　隈でも泣き跡でも傷跡でもちょちょいのちょいよ！」

「実際それで隠してる子結構居るからね」

二人の言うとおり、隈も赤く腫れていた瞼もどうにかなっていた。切れていた唇もだ。そして当たり前だが、肌も綺麗になっている。

「よし、じゃあ俺らはここまでだな。それとも一緒に行った方が良いか？」

「いや、俺だけで大丈夫だ」

深呼吸を繰り返し、ここまで手伝ってくれた親友らを見返す。

「ありがとな、本当に。帰ったらピザでも頼んで皆で食べよう」

「おー！　待ってるぜ！」

「私チーズたっぷりの食べるからね！」

「私はシーフード系食べたいかな」

「ああ。終わったら連絡する。それまでに種類とか決めておいてくれ」

おうよ、と返す瑛二達を背に俺は歩き始めた。

「じゃあ、後でな」

「また後でな。お前ならもう大丈夫だ。どうにでもなる」

「そーそー！　自信もってけー？　じゃあまたねー！」

「ん、鈍感お父さんと勘違い凪ちゃんに強めのデコピンしてきてね」

「ま、またハードル上げてきたな。頑張るよ」

三人の声を背に受け、俺は歩を進めた。

ここから目的地は遠くない。──すぐにそこは見えてきた。

「……凄いな。生で見ると」

かなり広い家。昔ながらの家、と言えば伝わるだろうか。

塀があって中はちゃんと見えないが、普通の家でないことはその広さから分かる。

これならお手伝いさん……というか、家政婦が数人常駐してもおかしくないだろう。

そんなことを考えていると。豪華な木製の門扉が見えた。

「今どきこういう家ってあるんだな」

しかし、セキュリティは厳重そうだ。防犯カメラとかもあるようだし。

そこで二度、深呼吸をして──俺はチャイムを鳴らした。

『はい。東雲家使用人の須坂と申します。どちらさまで……え？』

須坂さんが出た。丁度良かった。

カメラが付いていて俺に気づいたのだろう。カメラがあるであろう場所へと軽く頭を下げた。

「須坂さん、お久しぶりです。海以蒼太です」

『え？　海以様……？』

須坂さんの驚く声を聞きながら──改めて、拳を握って覚悟を決めた。

「朝早くに申し訳ありません。東雲凪さんとそのご家族に話があって参りました」

――十年後も凪の隣に居るために。

「――おはよう。君が海以君かね」

俺より背が高い。恐らく百八十センチほどはあるだろう。オールバックの男性だ。

その顔はとても若々しく、三十代……いや、二十代後半と言われても信じられるかもしれない。

それにしても、こんなにオールバックが似合う人は初めて見た。凄い圧がある。

――凄く若く見えるが、恐らく凪のお父さんだろう。どうしよう。まさか最初にこの人が来るとは思わなかった。須坂さんが居てくれることが救いか。

「朝早くに申し訳ありません。そして、お初にお目にかかります。いつも凪さんとは仲良くさせていただいております。友人の海以蒼太です」

「……娘に異性の友達が居るとは初耳だが」

「事実です、旦那様。海以様はお嬢様のとても大切なお友達です」

須坂さんがすかさずフォローしてくれる。その言葉に凪のお父さんは眉をピクリと動かした。

「……入ってくれ。話をしよう」

「ありがとうございます」

「それと、無理に敬語は使おうとしなくて良い。学生にそこまでの礼儀を求めてはいないからな」

「分かりました。ありがとうございます」

正直、敬語は苦手である。いや、使えるには使えるのだが。精々丁寧語くらいで、かしこまったものはよく分かっていない。

そのまま俺は凪の父の後ろをついていこうとして、しかし唐突に振り向かれた。

「ああ、これは失礼したな。自己紹介をしていなかった。私は東雲凪の父親。東雲宗一郎と言う」

「……では、宗一郎さんと」

「好きに呼んでいい」

会話も少なめに、宗一郎さんが歩き始めた。改めてその後ろに続き、更にその後ろには須坂さんがついてくれた。

連れてこられたのは一つの部屋。客室と思われる部屋であった。

「ここだ。適当に座ってくれ」

「は、はい」

家の雰囲気を壊さない畳の和室で、長く大きな座卓のまわりに座布団が敷かれている。座卓も座布団もとても高級そうであった。

……ええと、確かこういう場所ってルールとかあったような。上座と下座だっけ。

「海以様はこちらにどうぞ」

「すみません。ありがとうございます」

結局須坂さんに言われた場所へと座った。

緊張もあって、自然と背筋が伸びていた。口が渇きを覚えるのと同時に、使用人さんらしき人がお茶を用意してくれた。ありがたく口に含み、中を湿らせる。宗一郎さんはそれを見計って口を開いた。

「聞きたいことは山ほどあるが、先に用件を聞こう。海以君」

「はい」

「君はどうしてここに来たんだ？」

ドクドクと心臓が唸りを上げ始める。自分がこれからすることを思うと、冷や汗が出そうになる。それに加え——圧が凄い。

全ての光を吸収するような黒い瞳がじっと俺を射すくめる。

それでも俺は、ここで止まる訳にはいかないから。

「凪さんのお見合いを止めに来ました」

宗一郎さんの目が細められる。心の底まで見透かされたのではないかと思うほど鋭い視線。

……実は全て見透かされた方が都合は良いんだけどな。

くだらないと一蹴されてもおかしくない言葉だと自分でも思う。……しかし、宗一郎さんは待っていた。俺が続きを話すことを。それだけ寛容なのか、それとも凪の友人だからと大目に見られているのか。……両方な気がする。

そこで思考を途切れさせ、まっすぐに黒い瞳を見つめ返した。

「後悔するからです。俺も、凪さんも、宗一郎さん達も」

宗一郎さんの目が大きく見開かれ――部屋全体の時が止まった。

まだ脳内で整理が出来ていないだろうが……信じよう。

「俺は昨日、凪さんと遊園地に行きました」

「……ッ！」

宗一郎さんの目が大きく波打つ。だけど、数秒も経たないうちにその波は止んだ。

「凪が毎週通っていた、場所は……君の、所だったのか？」

――気づいてくれた。

瑛二達と昨夜、たくさん話し合った。凪の縁談を止めると言っても、それはとても難しく……不可能という言葉は何度も脳裏に浮かんだ。

ただそれも、瑛二がとある可能性を見出すまでの話だ。

――お互いの思いがすれ違っているのではないか。

それが、瑛二の辿り着いた結論だ。

凪は両親から愛されている。それは須坂さんから聞いたことだ。

『東雲凪の両親はどうして縁談を望んだと思う？』

彼の問いかけに俺は答えられなかった。

『だっておかしいだろ。高校生の娘の縁談だぞ。普通は断るだろ。確かに利益とかもあるんだろうが、それだけじゃねぇと俺は思うぜ』

瑛二はどこか確信めいた物言いで続ける。

『東雲凪は友人が出来て――蒼太と出会って変わった。もちろん良い意味で、だ。……娘を愛している親としちゃ、もっと友達が出来て欲しい、とか思わないか？』

それは瑛二の妄想、と呼ぶには今の状況に当てはまりすぎていた。

『親の幸せのためなら自己犠牲も厭わない子どもと、子どもの幸せを願うあまり空回りする親……って考えると色々嚙み合うだろ？　あの……須坂さんって人が言ってたこととともな』

脳裏で彼が不敵に笑う。自信に満ちあふれていて、それはこちらに伝播してくる。

『すれ違ってんだよ。親のために。娘のために。全部、何もかもがな』

もちろん、そうであって欲しいという願望も含まれていたと思う。それでも、俺はその可能性に賭けるしかなかった。

どうやら――

「だとすると。待て、私は何を…………」

その賭けには勝ったようだ。

動揺を越えて狼狽し始める宗一郎さん。須坂さんが驚いた表情で見つめている。本当に珍しいことなのだろう。……大丈夫だろうか。

心配とは裏腹に、宗一郎さんはすぐ落ち着きを取り戻した。

「すまない。少し考える」

落ち着きはしたものの、脳内整理が必要だったのだろう。

宗一郎さんは立ち上がり、顎に手を置いた。黒い瞳は遠くを見つめている。

……凪がよくしていたポーズだ。

「旦那様は何かに集中したい時は決まってこうするんです。……お客様の前で見せるのは初めてのことですが」

須坂さんが耳打ちでこそっと教えてくれた。……そうか。凪はこの姿をずっと見ていたから伝染ったのか。

ぼうっとその様子を眺めながら考えていると。ガクンと急にその膝が落ちた。

「だ、旦那様⁉」

「……そうか。そういう、ことだったのだな」

宗一郎さんの瞳が俺に向いた。

「私のせいで――凪に酷な選択をさせてしまったというのか」

どうやら全部理解したようだった。

酷な選択、というのは凪が言っていた、『家族』と『海以蒼太』を天秤に掛けたというものだと思う。

『家族』を選んだ凪を誰も責めることが出来ない。

ただ一つ彼女に誤算があったとすれば、俺に親友という存在が居たこと。

そして、凪が思っていた以上に俺は凪が好きだったということだ。

「凪の大切な人は同性の友人だと思い込んでいたが……君だったのか」

「はい、その通りです。旦那様」

「……そうか。ああ、そうだったのか」

何度もその事実を確かめるように、宗一郎さんが呟く。

目の焦点が合わず、それから何も話さなくなった。どうしようと思って須坂さんを見たが、大丈夫だと頷かれた。

数分ほど経った頃。宗一郎さんが姿勢を正して座り直した。

「失礼した」

「いえ。大丈夫です」

――しかし凄いな。瑛二が言っていた通りだ。

『もしさっき話した通りだったとすれば、きっかけを与えるだけ。それだけで一番大きな問題は片付く。……他にもまだまだ問題は残っちゃいるだろうし、そこまで行くのが一苦労だろうが。もしこの賭けに勝って父親が気づけば、一旦俺達の……いや。蒼太の勝ちだ』

山場は越えた。

大きく気が緩みそうになっていると、宗一郎さんが口を開く。良くないなと俺は改めて背筋を正した。

「一つ聞きたいことがある」

じっと見つめてくるその視線に鋭さはない。しかし真面目な表情で、自然と緊張するも……

「君は……凪のなんだ？」

「友達です」

その緊張は杞憂に終わった。考える間もなく即答していたからだ。

俺は凪の友達だ。それは揺るがない事実である。

――だけど。

「凪さんの一番の友達です。誰よりも凪さんのことを大切にしたいと思ってる友達です。……俺は、凪さんの幸せを一番に願っています。……叶うことなら、彼女が幸せになる姿を一番近くで見ていたい」

違う。言葉を選ぶな。自分の正直な気持ちを伝えるんだ。それを宗一郎さんは望んでいる。

「——いえ。俺が彼女のことを一番幸せに出来ると、そう思っています」

それが紛うことなき本音だ。

俺の言葉を聞いて宗一郎さんが目を瞑る。傲慢とも呼べる言葉に、どう思っているのか。俺は分からない。

そして、彼はゆっくりと頭を下げた。

「君のことはよく分かった。……酷く傷つけてしまったことだろう、海以君、非礼を詫びよう」

その言葉にホッとしながらも、俺は首を振った。

「謝らないでください。それより、一つ気になることがあるんです。聞いても良いですか」

今は俺より凪のこと。ずっと彼女のことで気になることがあった。

「なんだね」

「……よろしければ、凪さんが変わった日について、教えて頂けませんか」

——確か、父親に『弱みを見せないこと』と言われてから変わったと彼女は言っていた。

それは一体いつから……いつから彼女は誰にも甘えなくなってしまったのか、ずっと気になっていたのだ。

「……そうか。ああ、そうだな。君には話しておく必要がありそうだ」

ただ俺が気になっただけで、話す必要があることではないと思うが……話してくれるのなら良いか。

「その話をするにはまず、私の犯した過ちについて話さなければならない」

――過ち、か。

「昔話をしても良いかね……凪がここに来る時の話だ」

宗一郎さんの言葉に俺は静かに頷いた。

「私は――」

一瞬だけ迷いを見せた後、宗一郎さんは言葉を紡いだ。

「昔、凪を自分の事業を継がせる――道具のように思っていた」

数十秒の間、沈黙が訪れる。

俺も須坂さんも、視線を宗一郎さんから動かすことが出来なくなった。

「……で、でも、凪は。愛されて育ったんじゃ」

やっと俺の口から飛び出した言葉はそんなものだった。しかも、そんなことを言われるなんて予想していなかったから言葉がつっかえてしまった。

「もちろん今は娘のことを誰よりも愛している。だが、私がそのことに気づいた頃には遅かった。……何もかもが遅すぎたんだ」

その言葉の意味はまだ分からなかった。でも、その姿を見ていて一つだけ分かったことがある。

宗一郎さんはそのことをとても——とても後悔しているのだろう。

「私と妻との間には子どもが出来なかった」

宗一郎さんは淡々と話し始めた。

妻は私の秘書をしていた。結婚後も変わらず私の秘書をしてくれた。会社も順調であり、何事も上手くいっている……と言いたいところだが、一つだけ問題があった。

会社の中に、私の後任となるような事業に才のある人物が現れなかった。すぐに私は考え、一つ妙案を思いついたんだ。

それなら自分の子どもに私の全てを教えれば良い、とな。

しかし、それからすぐにもう一つの問題にぶつかった。私と妻の間に……子どもが出来なかったんだ。

私も妻も悩んだ。しかし、すぐに答えは見つかった。

「別に血の繋がった子どもじゃなくても良いじゃないですか、宗一郎さん。血が繋がっていてもいなくても、私は宗一郎さんとの子どもが居たら幸せですよ」

妻には子どもを後任とすることは伝えていなかったが、恐らく悟られていただろう。それでも彼女は私との子どもを欲してくれた。妻の提案を受け入れ、私達は養子を引き取ることにした。

養子と言っても、事業を継いで貰う以上は優秀な子が必要だ。しかし、直に子どもを見て選ぶことが出来る団体なんてほとんどない。

それでも私は探し続け、出会った。一人の少女に。

彼女を選んだ理由は二つある。一つは要領が良いということ。

私は昔から目が利いた。この子は真面目で優しい子だ。頭も悪くなく、優秀な子に育つだろうとすぐに分かったんだ。

もう一つは——容姿が良く、外国の血を引いていることだ。

私の企業は世界を視野に入れている。容姿というのは強力な武器になるんだ。

だから、私は北欧系の血筋を持っているであろう彼女を選んだ。凪は条件に当てはまる逸材だと思っていたよ。……この時の私は愚かだったんだ。人を物のように扱うなど、許されない行為だというのに。

話が逸れてしまうな。戻そう。

引き取ることを決めたが、一つ気がかりがあった。それは彼女が棄児……捨てられた子どもだったということだ。

私達が引き取った時、凪は三歳程だった。しかし心配は杞憂だったようで、身内からの虐待はなさそうだった。

「今日から君の名前は凪だ」

「──なぎ？」

「風も波もない、静かな海面という意味ですよ。海のように蒼く、綺麗な日から名前を考えたんです」

そう言って凪を抱きしめる妻を見ながら私は考えていた。

教育方針をどうするべきか。

まず、凪には日本舞踊を教えた。続いて茶道と華道を教えた。

理由は一つ。着物を着る外国人の子どもが居る、それだけでも海外では有利に働くことが多かったからだ。相手が日本好きならば尚更。幸い、凪もそれらの文化を楽しんでくれた。

しかし、一応親としての自覚はある。忙しいながらもそれなりに接し……妻の提案で一度、動物園に行ったこともあったな。

そんな中、凪も私に対して尊敬の念を持ち始めてくれた。ある日のことだ。

「私、大きくなったらお父様の役に立ちたいです。どうすればいいですか？」

好機だと思った。子どもは勉強嫌いが多いと聞くが、これを上手く使えば嫌いにならなくなるだろうと。

「いっぱい勉強をするんだ。……そして、出来ることなら私の事業を、夢を継いで欲しい。ああ、そうだ。もしかしたら。かっこいいお婿さんが来るかもしれない。その時は仲良くするんだぞ」

視線を合わせてそう言うと。まだ幼い凪は嬉しそうに頷いてくれた。

「はい！　必ず。約束します！」

これが一つ目の過ちだった。

そして、それから数日後。私は二つ目の過ちを犯した。

「お父様がお仕事をする時に気をつけていることってなんですか？」

その答えに私は少し迷った。気をつけていることは多い。この子に教え込むのならばどれが良いのか。

迷った末、私は――

「他者に弱みを見せない、だな。そのために自分を取り繕っている。常日頃これを続けることで、仕事も有利に働くことが多いんだ」

――そう、言った。言ってしまった。

これが、私の二つ目の過ちであり、最大の過ちであった。

凪と妻と過ごしていくうちに、私はとあることに気づき始めた。

凪に娘としての愛情を感じ始めていた。

日本舞踊で賞を取れば、自分のことのように嬉しくなった。茶道や華道が更に楽しくなってきたと報告してくれた時も嬉しかった。

そして、私は思った。

凪には自由に生きて欲しい、と。

好きなことをして、人生を謳歌して欲しい。

この子に私の夢を、そして仕事を押し付けたくない。人生を縛りたくないと思った。

幸いにもお金はいくらでもあった。やりたいことならいくらでもさせてあげられる。

そう思った時にはもう遅かった。……あまりにも、遅すぎたんだ。

凪の表情から少しずつ笑顔が消えていった。私があぁ言ったから。

私は妻と話し、元に戻る方法がないか探った。

――しかし、ダメだった。

幼い頃に親から言われた言葉は強く記憶し、大きく影響を受けてしまう。しかも私は、何度も何度も同じ言葉を凪に言い聞かせてしまっていた。

「凪。他にやりたいこととかないか？」

「今はお稽古が楽しいのでありません」

子どもながらに子どもらしくない振る舞い。そして、自然と空いていく距離感。

私ではダメだ。千恵に前のように過ごして良いのだと伝えて欲しいと頼んだ。

——しかし、ダメだった。

「ですが、それではお父様のように立派な方にはなれません」

彼女の中で、私の存在は大きくなりすぎていた。

何度も説得を試みた。だが、凪は感情を隠すことが癖になってしまっていて、一度は直ったと思っても、気がつけば元に戻っていた。

ああ、私達ではダメなのだと。そう思った。

小学生に上がってすぐの頃にはもう、今と変わらない姿になっていた。

——誰が言ったか知らないが、凪が【氷姫】と呼ばれるようになったのもこのあたりだ。

私立の良い所の子どもが通う学校に行かせていたが、それが良くない兆候だと感じた。

周りから孤立する。一人になってしまう。それなら普通の学校に通わせた方が良いのではないか。私達ではない、凪を楽しませてくれる誰かが現れれば凪は変わるのではないか。

妻と相談して転校を提案すると、凪はすんなりと受け入れた。

しかし。そこでも私が足枷になってしまった。

——父親が偉い人で、下手な真似をしたら親の仕事が無くなる。

そんな噂が流れたのはすぐのことであった。もちろん私はそんなことをしない。

だが、ダメだった。全て、何もかもが裏目に出てしまった。

……全部、私のせいだ。

「幼い子どもは親から常識を習う。そんな当たり前のことにすら私は気づいていなかった。……やがて凪も大きくなり、思春期になると父親が嫌いになると聞いて、会話を減らした方が良いと思い――いや。そう理由を付けて、私は凪から逃げ続けていた」

強く圧を感じていたはずの声が、表情が。弱々しくなっていた。

「いつか良くなる。今すぐ解決しなくても良い。そう自分に言い聞かせて私は仕事に逃げた。凪のことは須坂達に任せて」

それから何年も、俺と出会うまで凪はあのままだったのか。

宗一郎さんの瞳がどこでもない虚空を見つめる。

「最近、凪は外に出る機会が増えた。とても良い兆候だと思ったんだ。それが嬉しくて……私は余計な気を起こしてしまった。凪の婚約者であり友人のような立場の人物が居たら、凪の人生がもっと楽しくなるんじゃないかと。幸せになるんじゃないかと、勝手な思いを押し付けてしまった。……碌に娘と会話もしないで、変化にすら気づけなかったというのに」

その瞳の焦点が合い、虚空から俺へと向く。

「すまなかった。海以君。娘に、そして君に辛い思いをさせてしまって」

今の話を聞いて確かに思うところはあった。確かに辛い思いもした。

だけど、違う。

「俺に謝罪は要りません。凪さんにしてください。そして、仲直りをしてください。それが俺からの願いです」

口元が自然と緩んでいった。

「まだやり直せます。凪さんはご両親のことを誰よりも愛していますから」

凪はお父さんとお母さんのことが大好きだ。宗一郎さんもこれだけ後悔して、考えたのだから。まだ間に合うはずだ。

「それでまた昔のように接してください。きっと、凪さんも分かってくれるはずです。……お願いします」

「ああ、分かった。今すぐにでも――」

宗一郎さんが立ち上がろうとしたその時。

「その必要はありません、お父様」

別室へと繋がる襖が開いた。

「全て聞いておりましたから」

息を呑んでしまった。

「……ッ」

白百合の描かれた着物を着た凪がそこに居た。

肌はいつもより少しだけ白い。それがより凪の肌の透明さと顔立ちの良さを引き立てている。

その髪は頭のすぐ後ろでまとめられていて、蒼い玉のついた玉簪が挿されていた。

一瞬、意識を奪われていた。彼女の隣に綺麗な女性が立っていたことに遅れて気づく。

「──聞いていたのか、凪。千恵」

「申し訳ありません。入るタイミングを窺っておりました」

しっかりしろ、俺。見蕩れている場合ではないだろ、少なくとも今は。

「どちらにせよ、凪にも同じ話をしようとしていた。その手間が省けたから問題ない」

宗一郎さんはそう言って、改めて二人へ目を向けた。

「話をしよう。凪、千恵。座ってくれ」

宗一郎さんの言葉に二人は頷き、宗一郎さんの隣に座った。

「その前に、千恵には海以君のことを紹介しないといけないな」

「──はい。ですが、実は今先程。凪から話を聞いたばかりなんですよ」

先程から千恵、と呼ばれているのは凪の母親なのだろう。

綺麗な黒髪をポニーテールにしており、整った顔立ちをしている。

とても綺麗な人だ。宗一郎さんと同様に、二十代後半と言われても信じられるだろう。

「初めまして。凪の母親の東雲千恵と申します。……凪のこと。今まで本当にありがとうございます」

「い、いいえ。私も凪さんにはかなりお世話になっているので。あ、俺……私は海以蒼太と言います」

慌てて早口になってしまい、言葉遣いも乱れてしまった。いきなりの失態に顔が熱くなってしまうも、千恵さんは優しく微笑んでくれた。

「無理に敬語を使おうとしなくて大丈夫ですよ。さて、ではお話に戻りましょうか」

——それはとても既視感がある微笑みだった。

千恵さんがそう言って仕切り、宗一郎さんを見た。

「——凪」

「はい」

宗一郎さんがじっと凪を見据えた。

そして、畳の上に手をつく。そのまま額も畳につけた。

「今まで本当にすまなかった。……何から謝れば良いのか分からない程に、私は凪の人生を狂わせてしまった」

「お父様」

凪は宗一郎さんを見て、柔らかく微笑んだ。その微笑みは――先程見た千恵さんの微笑みにとてもよく似ていた。

「お父様、頭を上げてください。私はお父様とお母様が大好きです。ですから、私を道具として見ていたと言われても……驚きこそしますが、悲しんだりはしません」

「凪」

千恵さんが凪を後ろから抱きしめた。

「……ごめんなさい。そんなことを言わせてしまって」

千恵さんは唇を噛み、肩を震わせた。

「気づいてあげられなくてごめんなさい。ですが、私も宗一郎さんも……いいえ。お母さんとお父さんも、今は凪のことを第一に考えています。凪の幸せだけを考えています。凪は私達の娘だと、思っています。何を今更、と思われるでしょうが」

「いいえ、思いません。お父様もお母様も、私にとってはたった一人のお父様とお母様なんですから」

千恵さんの腕がさらに強く凪を抱きしめた。宗一郎さんが頭を上げ、凪をじっと見た。

「私達は凪を……少なくとも、今の私達は凪が幸せになることを一番に考えている。凪の幸せが私達の幸せなんだ。仕事なんてどうでもいいと思うくらいに。――だから、改めて聞きたい」

宗一郎さんの真っ黒で、まっすぐな瞳が凪を貫く。

「今日の縁談は、本当に凪が幸せになるのか」

凪の蒼い瞳はじっと宗一郎さんを見返していた。ふっとその視線が宗一郎さんから途切れ、俺へと向けてくる。

――やっと俺を見てくれた。

しかし、それは一瞬だけのこと。凪はすぐに視線を宗一郎さんへと戻した。

「お父様。今回の縁談は私が心の底から望んだことです。それは間違いありません」

そう、言った。

顔が落ち、拳を握る。

「――ですが」

続く言葉に俺は顔を上げた。

「可能ならばもう一度、蒼太君とお話をしたいと思っています」

彼女が浮かべていた笑みは……どこか、辛そうなものであった。

宗一郎さん達は別の部屋へ向かった。この部屋に居るのは俺と凪の二人だけとなる。

「色々、言いたいことはたくさん……たくさんあります。ですが、一つだけ先に聞いておきたいことがあるんです」

凪が静かに。じっと、俺を見た。

「――どうして来たんですか」

「どうして、か」

そうオウム返しにして、じっと凪を見返した。

「凪のことが好きで、諦められなかったからだ」

一言で表すならこれしかないだろう。

俺の言葉に凪は目を見開き……視線を落とした。

「……私は、蒼太君をたくさん傷つけました」

「家族のために、だ。悪意を持ってそうした訳じゃない」

「裏切ったんですよ、蒼太君を」

「俺は裏切られたなんて思ってないぞ――凪」

凪を呼ぶと、顔を上げて俺の方を向いてくれた。蒼い瞳は揺らぎ、色あせてしまっている。

「わ、私なんかより、蒼太君に相応しい女の子がいつか現れるはずです。絶対に裏切らない子が……」

「凪じゃないと嫌なんだ。まだ顔も知らない誰かじゃなくて、凪が良い」

凪の表情が少しずつ、少しずつ歪んでいく。

「だ、だって。私は……また、蒼太君を裏切るかも、しれませんよ」

「裏切らない。裏切る理由がもうないからな。凪のお父さんとお母さんも、須坂さんだって居る。だから、凪はもう誰も裏切らないよ」

自然と頬が緩み、凪へと微笑みかけた。

「もう一つ理由があるんだ。凪がどれだけ罪悪感と自己嫌悪に苛まれていたか……想像がつかない。でも。辛かったのは確かだろう。それが分かってしまったからこそ、凪はもう裏切ったりしない。俺はそう思うよ」

凪は優しい子だ。何も思わない子なら、昨日あれだけ涙を流して……辛い表情を見せることはしなかっただろう。

凪は俯き、ぽつりと小さく呟く。

「……私は、馬鹿な子です」

そう言ってから顔を上げた。瞳がうっすらと滲んでいる。

「蒼太君だけじゃありません。……結果的に、両親のことまで裏切ったと言っても過言ではありません」

「ただすれ違っただけだ。これからいくらでもやり直せるし、今まで以上に仲良く出来る」

「私は、蒼太君を拒絶したんですよ」

「本心からじゃない。そうしなければいけなかっただけだ。本当に拒絶されてたら、俺は今ここに居ない。門前払いをされたはずだ」

「……わ、私は、何もかもが中途半端です。また蒼太君を傷つけるかもしれません」

「それなら二人で直していこう。凪に何度傷つけられても、俺は凪から絶対に離れない。約束する」

「……私は、もう蒼太君を傷つけたくありません」

「知ってる。だからこそ、変われるんだ。成長出来る子なんだよ、凪は。苦手だった英語だって克服出来ただろ？　二人なら――みんなと一緒なら、絶対出来る」

唇が小さく震え、瞳が揺らぐ。

「私は――私は」

その頬がぐしゃりと歪んだ。

「私なんかが、幸せになっても良いんでしょうか」

「当たり前だ」

まっすぐ伝わるよう、目を合わせる。絶対に逃がしたりしない。

「俺が絶対に幸せにする。他の誰かじゃない、俺が幸せにしたい。だからここに来たんだ」

凪の隣へと向かう。凪は大粒の涙を零しながら俺の方を見てくれた。

「凪」

「……はい」

「俺は、凪のことが好きだ。大好きなんだ」

ぽろぽろと涙が零れるも、凪は決して視線を外さない。

その目をしっかり見ながら、手を差し出した。

「十年後も凪の隣に居たい。凪の隣で笑って、俺の隣で凪に笑っていて欲しい」

だから――

「俺と結婚を前提に付き合ってくれ」

凪の手が震え、弱々しくも持ち上がる。

「――はい」

そう言って、手を取ってくれた。

凪の手を引き、胸に抱きしめる。

「……ごめん、ごめんなさい、蒼太君。いっぱい、いっぱい傷つけてしまって」

「良いんだよ。俺は今、すっごく幸せなんだから」

凪の体温が直接伝わってくる。

その暖かさが全身に回る。

もう離さないと思っていた。彼女を抱きしめることは。

もう離さないという意思を込めて強く抱きしめると、彼女の力も強くなった。

「ありがとう、ございます。まだ私を好きでいてくれて」

凪は涙を流しながらも、ニコリと笑った。

「どういたしまして」

俺と凪を結びつけてくれたはずの言葉。そして、彼女と別れるために使った言葉。——それが今度は、また俺と凪を結びつけてくれた。

凪の小さな手が俺の背中をぎゅうっと、力強く抱きしめてくれる。

「——大好きです。私も、大好きなんです、蒼太君。誰よりも貴方のことを愛しています」

「俺もだ。愛している、凪」

凪が俺の胸から顔を離し。俺をじっと見た。

俺は、そんな凪に顔を近づけ——唇を重ねた。

「……」

「……」

唇が離れると顔を合わせ、無言で見つめ合った。綺麗な顔立ちがすぐ目の前にある。

静かに、今度は凪（なぎ）の方から唇を重ねてきた。

「……蒼太（そうた）君」

「なんだ？」

陽（ひ）に照らされた海のような瞳が柔らかく俺を包み込む。

「絶対、絶対に。私も蒼太（そうた）君のことを幸せにしますから」

「……ああ」

凪（なぎ）の言葉に頷（うなず）き、また唇を重ねた。

「二人で幸せになろう」

「……もう、いっぱい幸せですけどね」

「もっとだよ。もっと幸せになるんだ」

最後にまた彼女を抱きしめ、少し離れると。

――ぷつりと。俺はいきなり眠気に襲われ、意識を落としたのだった。

「……しかし、驚いたな。何か重い病気でも抱えていたかと思ったぞ」

「お医者様が言うには、緊張が途切れると同時に寝不足と疲れが一気に来たらしいです。大事がなくて何よりです」

お父様とお母様の会話を聞き、私は顔を上げた。

「あの、お父様。お母様」

二人は私を見て……柔らかく微笑(ほほえ)んでくれた。

「色々と、ご心配をお掛けしました。色々と空回りをして。そして、申し訳ありませんでした」

お父様とお母様の思いに気づけず。もっとたくさん、お話をしていれば――

「私がもっと自分の気持ちを押し出していれば。もっとたくさん、お話をしていれば――」

言葉は遮られた。お父様の手が頭に乗せられることによって。

「良(い)いんだ、凪(なぎ)。歩み寄ることが出来なかったのは私達の方だ。何より私が一番悪いのだから」

「はい、そうですね。そういち――お父さんが悪いんですからね。お母さんももっと一緒に居るべきでした。反省しています」

珍しく苦言を漏らすお母様にお父様が苦笑した。しかし、二人ともその表情には自責の色が滲(にじ)んでいた。

それにしても――何年ぶりだろう。お父様に頭を撫(な)でられるなんて。

「……あの、お父様、お母様。無理を承知で一つ、お願いがあるのですが」

「なんですか？　何でも聞きますよ、凪。貴女はもっとわがままになっていいんですよ」

お母様の言葉に頬が緩む。滲む視界に二人を捉え、ぐっと拳を握りしめた。

「……家に居る時は、ママとパパとお呼びして、良いでしょうか」

そう、言った。

小さい頃からそう呼びたかった。でも、最初にお父様とお母様と呼んでしまったから。ずっと言えなかった。

二人は驚いた顔をして——笑顔で頷いてくれた。

「ああ、もちろんだ。凪」

「是非呼んでください。その方が私達……ママとパパも嬉しいですよ」

心に日射しが差し込み、ぽかぽかと暖かくなっていく。

「はい！　パパ、ママ！」

それが嬉しくてニコニコとしていると……二人は驚いた顔で私を見ていた。

ああ、そっか。こんな顔、二人に見せるのは初めて……ううん。久しぶりだ。

「海以君のお陰、か。彼には本当に感謝しなければ」

「そうですね」

お父様……パパはさて、と私の頭から手を下ろした。

「凪は彼を見ていてくれ。私は先方に話を伝えてこよう」

「……あ」

そうだ。縁談のことがあったのに。

「私も謝罪に――」

「凪」

パパが私を呼び、じっと目を合わせてきた。暗くもどこか明るい瞳。

「気持ちはありがたく受け取っておく。しかし、正直に言えば私一人の方が動きやすいんだ」

隣でママも深く頷いた。

「そうですね。それが良いと思います。……ですが、近々謝罪の手紙は出して貰うことになりそうです。その時はお願いしますね、凪」

「……はい、分かりました」

二人が言うのなら、そちらの方が良いのだろう。パパは私が頷くのを見て、最後にもう一度頭に手を置いてくれた。

「それでは準備をしてこよう。凪、海以君によろしく伝えておいて欲しい」

「はい。行ってらっしゃい、パパ」

そうしてパパとママと別れ……私は蒼太君の眠る部屋に向かった。

部屋の前には須坂さんが居た。

「須坂さん」

「お嬢様……その」

須坂さんは少し申し訳なさそうな顔をした。……恐らくあのことだろう。

「蒼太君と私の知らないところで会っていたこと、ですか？」

「……申し訳ありません」

蒼太君は須坂さんのことを知っているようだった。申し訳なさそうな表情をする須坂さんを見ていると、おかしい訳ではないのに笑いが零れてしまった。

「ふふ、良いんですよ。謝るべきは私の方です。たくさん、たくさんご迷惑をお掛けしました。すみませんでした」

私は頭を下げ、また須坂さんを見る。

「そして、ありがとうございます。蒼太君を家に招き入れてくれて。須坂さんが居なければ、蒼太君は門前払いをされていたかもしれません」

「……いえ、私はそこまでのことは」

「須坂さん」

謙遜する須坂さんを私は呼んだ。

「こういう時は『どういたしまして』で良いんですよ」

「……どういたしまして」

「はい、ありがとうございます！　これからも私達のこと、よろしくお願いしますね！」

「もちろんでございます……お嬢様がそんな顔をされるようになって、大変嬉しく思います」

ハンカチで目尻を拭う須坂さん。彼女のそんな言葉を聞いてまた嬉しくなってしまった。

挨拶も程々に、私は部屋へと入る。

蒼太君はまだベッドの上で眠っていた。

私はベッドの隣に腰掛け、眠っている彼を見た。

「蒼太君」

彼の名前を呼ぶ。すやすやと眠っている蒼太君は可愛く、愛らしく思えた。

聞こえていないことが分かっていながらも言葉を続ける。

「大好きですよ、蒼太君」

その布団に手を忍ばせ、暖かな手を握る。

彼の体温が、血管を巡るように全身へと伝わってくる。

「絶対に、絶対に幸せにしますからね」

その顔を見ていると、とても嬉しく、優しく――そして。胸がとても痛くなる。

「こんな私ですが……蒼太君が選んでくれた私なんです。ですから、絶対に。誰よりも貴方のことを幸せにします」

もう片方の手も使い、彼の手を包み込むように握りしめた。

「これから先。高校二年生、三年生に上がっても、大学生になっても。大人になって働いてもずっと……ずっと、蒼太君のことを支えますから」

手を一つ取り出して、蒼太君の頭へ置いた。

「……子どもが出来て、子どもが大きくなるのを見届けて。おじさんおばあさんになって、おじいさんおばあさんになっても。ずっと、貴方のことを幸せにします。そして、最期の時が来た時に、蒼太君に言って貰うんです」

髪を撫で、緩んだ頰をそのままに彼の顔を覗き込んだ。

「『この世で誰よりも幸せな人生だった』と。……そして、看取って。そうなるときっと、私も近いうちに後を追いかける形になりますから。あの世に行っても、ずっと貴方のことを幸せにします」

暖かい気持ちが溢れ出し、頰を伝い始めた。

「……叶うのならば来世でも、その次の人生でも。蒼太君と出会い、生涯を共にしたいですね」

ううん、する。絶対にこの広い世界から蒼太君のことを見つけ出す。

その時、蒼太君の耳が赤くなっていることに私は気づいた。

「愛しています、蒼太君。この世に居る誰よりも愛しています」

「……俺もだ」

小さく蒼太君は返してくれた。その言葉に嬉しくなって、思わず私は——目元を拭い、ベッドに入り込んだ。

「ちょ、凪!?」

「おはようございます、蒼太君。起きて早速ですが、抱きついちゃいますね」

慌てる蒼太君をぎゅっと。ぎゅうっと、音がなりそうなくらい強く抱きしめた。

「……もう、我慢しませんから」

蒼太君の耳元で私は囁きかける。

「大好きだって、いっぱい伝えます。何度も、何度でも。飽きても言い続けますから」

「……飽きる訳、ないだろ」

蒼太君がもぞもぞと動いて私の方を向いた。

「だ、大好きだよ、凪」

私を抱きしめ返してくれた。暖かく、落ち着く……しかし、ドキドキする空気で肺が満たされていく。

——ああ、私。

「幸せです。凄く」

「俺もだよ、凪」

蒼太君も同じだと分かって、嬉しくて、幸せで心がいっぱいになって。

——それがまた涙になって、溢れてしまう。

「……本当に。これまでの人生を過ごしてきた中で、一番幸せです」

蒼太君の胸に顔を埋める。幸せを深く、深く噛み締めた。

蒼太君の抱きしめてくれる手は暖かく、力強い。

上を向き、蒼太君と目を合わせる。唇を重ねればもっと幸せになった。

——何度でも、何回でも、何十、何百回でも言います。蒼太君。

「大好きです。大好きなんです。蒼太君。誰よりも、大好きです」

「ああ。俺も大好きだ」

これから先、パパのお仕事のこととか、縁談のことで色々あるはずだ。

——でも、それが不思議と怖くなかった。

——蒼太君と一緒なら、大丈夫だって信じているから……そして、二人で幸せになると決めたから。

まだ見ぬ未来に思いを馳せる。

「これから先もよろしくお願いします。蒼太君」

「ああ、よろしくな」

もぞもぞと体を動かして、蒼太君の額に額を合わせた。

——この幸せは決して手放したりしない。そう誓いながら、彼の瞳をじっと見つめる。

蒼太君は私のお友達だ。羽山さん達も私のお友達だ。けれど、彼女達に向ける感情と彼に向ける感情は大きく違う。

それでも、私は彼に対してこの言葉を使いたい。

私にとって、この言葉は彼が一番最初になってくれた、特別なものだから。

——蒼太君は私にとって、一番のお友達だ。

あとがき

初めまして。皐月陽龍と申します。普段はカクヨムにて主にラブコメ作品を投稿しております。

本作、「他校の氷姫を助けたらお友達から始めることになりました」こと「氷姫」は【第8回カクヨムＷｅｂ小説コンテスト】の【ラブコメ部門】にて【特別賞】と【ＣｏｍｉｃＷａｌｋｅｒ賞】を同時受賞した作品となります。本当に光栄です。

さて、本作はお楽しみ頂けたでしょうか。Ｗｅｂ版二章までの内容をこの一冊にぎゅっと閉じ込めました。それに伴って結構大幅に改稿しました。Ｗｅｂ版を読んでいても、読んでいなくても面白い作品になったと思います。

皆様の心に残る場面が一つでもあれば、そして蒼太君と凪ちゃん、瑛二君達の魅力が伝わればとても嬉しいです。

「氷姫」が書籍になるに伴いたくさんの方にお世話になりましたので、ここからは謝辞を述べさせて頂きたいと思います。

本作のイラストを引き受けてくださったみすみ先生。本当に、本当にありがとうございました。透明感や美しさ、そして儚さを持つ【氷姫】と、人間らしさと可愛さが溢れる【東雲凪】という人物の魅力が先生のお陰で大きく膨れ上がりました。蒼太君や瑛二君、霧香ちゃんと光ちゃんも魅力溢れる存在となりました。イラストを見る度に好きが溢れて止まりませんでした。本当にありがとうございますしか言えません。

そして、右も左も分からない私を懇切丁寧に導いてくださった担当編集者様。編集様のお陰で【氷姫】という作品を書籍として更に面白く、楽しく読める作品へと仕上げることが叶いました。未熟で不安症で若輩者な私でしたが、お付き合い頂き、そして色々とご配慮もしてくださり、ありがとうございました。心より感謝申し上げます。

続いて、Ｗｅｂ版の頃から応援してくださった読者の方々。皆様のお陰で受賞が叶い、こうして本にすることが出来ました。中学生の頃からの夢を叶えることが出来ました。本当にありがとうございます。

最後になりますが、コンテストにて選考をしてくださった皆様方、電撃文庫編集部の皆様方、本書を制作する際に関わってくださった皆様方。そして、この本を手に取ってくださった皆様方。本当にありがとうございました。

それでは、またどこかでお会いしましょう。

本書に対するご意見、ご感想をお寄せください。

ファンレターあて先
〒 102-8177　東京都千代田区富士見 2-13-3
電撃文庫編集部
「皐月陽龍先生」係
「みすみ先生」係

本書は、2022年から2023年にカクヨムで実施された「第8回カクヨムWeb小説コンテスト」で特別賞・ComicWalker漫画賞（ラブコメ部門）を受賞した「他校の氷姫を助けたら、お友達から始めることになりました」を加筆・修正したものです。

電撃文庫

他校の氷姫を助けたら、お友達から始める事になりました

皐月陽龍

2024年5月10日　初版発行

発行者　山下直久
発行　株式会社KADOKAWA
〒102-8177　東京都千代田区富士見2-13-3
0570-002-301（ナビダイヤル）
装丁者　荻窪裕司（META＋MANIERA）
印刷　株式会社暁印刷
製本　株式会社暁印刷

●お問い合わせ
https://www.kadokawa.co.jp/（「お問い合わせ」へお進みください）
※内容によっては、お答えできない場合があります。
※サポートは日本国内のみとさせていただきます。
※Japanese text only

※定価はカバーに表示してあります。

ISBN978-4-04-915339-2　C0193　Printed in Japan

電撃文庫　https://dengekibunko.jp/